수빈이가 되고 싶어

KB138482

청예 경장편

그런 둘은 없었다. 착하고 바르게 자라서 서로에게 선한 말만 하는 학생. 외모나 실력이 아닌 다른 무언가를 향해 달려가자고 어른스러운 선언을 하는 중학생. 늘 정의로운 마음만 품는 15세. 그런 여름과 겨울은 절대로 없었다.

수빈이가 되고 싶어

1. 그런 둘

"독한 년들."

여름과 겨울은 나란히 철봉에 매달려 3분이 넘도록 버텼다. 어금니를 어찌나 꽉 깨물었는지 둘 다 턱뼈가 도드라지게 튀어나와서는, 귓바퀴까지 새빨갛게 달아올랐는데 절대로 내려오지 않을 기세였다. 녹색 잎들이 산들거리며 교정을 장악하는 한낮. 푸르름 속에서 둘은 잘못 자라난 토마토였고, 익은 상태를 초월하여 상한 상태로 가기 직전이었다. 앞에서 지켜보던 친구들은 싱그럽지 못한 그 치열함에 조롱을 아끼지 않았다. 우스꽝스러운 얼굴을 계속 노출하고 있음에도 둘은 철봉을 놓지 못했다.

'알아서 포기하지. 어우 한겨울, 피곤해.'
'이여름, 이 징그러운 애야!'

수빈이가 되고 싶어

겨울과 여름은 용을 쓰는 와중에도 서로를 힐끔거리며 견제하기 바빴다. 온몸에 들어간 힘 때문에 괄약근 조절이 어려워 방귀를 뀌진 않을까 노심초사하면서도 끝까지 버둥거렸다. 아역 배우라는 직업 탓에 평소에는 앞머리가 조금만 갈라져도 한참 동안 손질하기 바빴으나 오늘만큼은 예외였다. 배우 생활 중 최고 흑역사로 남을 사진이 찍힌다 해도 승부만큼은 포기하기가 어려웠다. 둘은 더 우스꽝스러운 얼굴이 되기 전에 상대가 알아서 단념하면 좋겠다고 수천 번 되뇌었다.

남자아이들이 삼삼오오 모여 겨울에게 손가락질했다.

"진짜 독종이다. 우리 아빠가 저런 여자랑 결혼하면 피곤하댔어."
"그래서 너희 아빠가 엄마랑 자주 싸우는 거야?"
"뒤지고 싶냐?"

남자아이들이 제련되지 않은 언어를 주고받으며 저들끼리 아웅다웅하는 와중에 여자아이들은 여름 앞으로 휴대폰을 들이밀었다.

"아역 배우 이여름 철봉 집착 영상. 이거 쇼츠 올리면 조회 수 괜찮을 듯."
"소속사에서 고소하면 어떡해. 크크크."
"겨울이도 같은 소속사잖아. 우릴 지켜 주겠지."

모세의 기적이 아이들의 손가락에 깃든 걸까. 손

끝들이 좌우를 깔끔히 나눴다.

적갈색 단발머리의 여름은 남자아이들에게 응원 받고 여자아이들에겐 비웃음을 당했으며, 까만 긴 생머리의 겨울은 반대로 여자아이들의 지지를 받고 남자아이들에겐 조롱당했다.

학교라는 정글을 같이 누비고 있음에도 둘은 이처럼 다른 방식으로 생존했다. 타잔의 자리는 단 하나뿐이었고 숲속의 동물들은 영악했다. 같은 편을 응원하는 노력보다는 상대편에 돌을 던지는 놀이로써 영역을 수호했다.

교사는 팔짱을 끼고 심드렁하게 보면서 수업 중에 휴대폰을 쓰지 말란 경고만 남겼다. 여름과 겨울은 친구들이 비웃고 있다는 사실을 선명히 인지했음에도 철봉을 쥔 손을 놓지 못했다.

"너희 다 만점이래. 작작 해."
"얼굴 대박 웃겨. 난 절대 3초 이상 매달리지 말아야지."

한샘중학교 체육 수행 평가 중에서 철봉 매달리기는 대부분이 10점만 받는 종목이었다. 100점 만점인 평가표에서 10점은 최하점으로, 매달린 시간이 1초 이하임을 의미했다. 운동 유튜버를 따라 어깨 운동을 한다는 아이들이 아닌 이상, 대다수는 우스꽝스럽게 매달린 모습을 보이고 싶지 않아 기록 카운트를 시작하자마자 손을 놓았다.

수빈이가 되고 싶어

여름과 겨울 역시 작년까지만 해도 체육 수행 평가 점수가 10점이든 20점이든 상관이 없는 학생들이었으나 올해는 달랐다.

"둘 다 이제 그만."

담임이 만류한 후에야 둘은 겨우 철봉에서 손을 놨다. 수행 평가를 빙자한 오래 매달리기 시합은 끝났다. 하지만 둘의 전쟁은 이제 막 시작되었다.

'정말 거슬리네. 네 독기에 질식하겠어!'

서로를 향해 던지는 고요한 악의가 동일했다. 사이좋게 겨드랑이를 축축이 적신 둘은 가자미눈으로 상대를 쏘아보고는 자신의 무리로 돌아갔다. 철봉에는 각자의 핸드크림 향만이 진하게 배었다. 여름과 겨울이 이렇게까지 용을 쓰는 이유는 오직 라이벌에게 지지 않기 위해서였다. 철봉 매달리기가 아닌 영화 오디션에서.

경주의 결승점은 영화 〈A 프로젝트〉의 주인공 '수빈' 역이었다. 철봉 매달리기가 대본의 첫 번째 신이었는데, 시간을 거슬러 10대로 회귀한 수빈이 남자 주인공과 처음 만나는 장면이었다.

1차 오디션이 2차까지 연장되며 둘의 신경전은 더욱 심해졌고, 어떻게든 상대를 이기겠단 욕망이 끓어올랐다. 그 마음은 넘치다 못해 정수리를 후끈하게 데웠으며 온몸의 모공까지 활짝 열었다. 육체

적 불쾌함을 감수하면서까지 둘은 상대의 기선을
제압하고 싶어 했다.

'내가 너보다 훨씬 더 오래 매달린다. 어쭈. 너도
버틴다 이거지? 죽어 봐라, 한번.'

3분 동안 둘이 땀으로 나눈 대화였다.

철봉 신은 사실, 오래 매달릴 필요가 없는 장면이
었다. 소품 팀에서 이미 해당 장면을 위해 발 받침대
를 준비했기에 배우는 적당히 매달리는 시늉만 하
면 그만이었다. 또한 실내에서 진행될 2차 오디션에
서 철봉에 매달리는 연기를 보여 주는 건 불가능했
다. 여름과 겨울이 오후 수업 내내 지끈거리는 근육
통을 감내해 봤자 누구도 칭찬해 주지 않는다는 의
미였다.

둘은 자존심을 걸어 버렸다. 여자들에게 자존심이
란, 때로는 목숨과도 같았다. 그러니 둘은 독한 년이
되든 끔찍한 년이 되든 상관없었다. 승리를 쟁취하
려는데 그깟 평가에 좌절해서야 되겠는가. 큰일에는
밀도 높은 마음이 따라야 하는 법. 하늘도 둘의 경쟁
을 즐거이 관전했는지 운동장에 시원한 소나기를 내
렸다. 수행 평가를 치르던 학생들이 머리를 감싸고
선 뱁새처럼 총총 뛰어 실내로 달아났다.

두 개의 마음을 횡단하는 쾌청한 대기 덕에 끈적
한 목덜미는 금세 식어 갔다.

수빈이가 되고 싶어

여름의 인터뷰

Q: 저희 《K 매거진》이 신랄하기로 유명한데 인터
뷰를 수락해 주셔서 감사해요.

A: 신랄한 만큼 인기 배우들만 취재하기로도 유명
하니까요.

Q: 맞아요. 당시에 누가 '수빈이'가 될지 화제였는
데 중학교 동창이신 두 분이 모두 물망에 오르
셨죠. 심지어 같은 반이었잖아요. 서로 견제가
심했을 것 같아요. 아무리 아역이라도 (강조) 여
배우들이니까요.

A: 배우니까 캐스팅 경쟁은 치열하죠. 당연한 거 아
니겠어요? (웃음) 에디터님도 아시겠지만 〈A 프
로젝트〉는 넷플릭스에서 수백억 투자까지 받은
초호화 작품이었어요. 그때는 정말 SNS마다 가
상 캐스팅에 대한 포스팅이 얼마나 돌았는지 몰
라요. (한 번 더 웃음)

Q: 심지어는 작가님께서 당시 원 톱 아역 배우였던
오수빈 씨에게 주인공 역할을 주기 위해 이름까

지 수빈으로 지정해 두셨죠. 그런데 오수빈 씨가 건강상의 이유로 중도 하차했고요. (뜸을 들임) 결국 땜빵인 건데… 같은 여배우로서 모양새 빠지지 않냐는 말이 많았어요. 괜찮으셨나요?

A: 괜찮은 정도가 아니라 하고 싶어 미치는 줄 알았어요! (호쾌한 웃음) 땜빵이든 뭐든 배우한텐 역할이 곧 생계니까요. (머뭇거림) 전 그때 할머니 수술이 예정돼 있어서 병원비도 급했고요….

Q: 겨울 씨보다 여름 씨에게 역할이 더 간절했다는 뜻일까요?

A: 그건 모르죠. (으쓱거림) 전 겨울 씨가 아니니까요.

Q: 그때의 찌라시 얘기를 해 볼게요. (자료를 살핌) 온라인 커뮤니티에서 나온 말에 따르면 여름 씨가 남배우 백연호 씨와의 친분을 이용해서 겨울 씨를 견제했다고 하던데 이건 사실인가요?

A: 하 참…. (오묘한 표정) 백연호 씨는 말이죠….

2. 여름

연호는 부탁받지 않았음에도 냉장고에서 제로소 다 캔을 꺼냈다. 오피스텔에 보관해 놓은 유리컵 중 가장 예쁜 것을 골라 그 안에 얼음을 담았고, 소다는 여름이 마셔도 괜찮을 만큼만 채웠다. 연호가 건네 는 호의는 늘 제멋대로 접힌 종이비행기처럼 예상 밖의 경로로 날아 여름의 품에 안겼지만 여름은 한 번도 그 마음을 거절한 적이 없었다.

"내가 감독님한테 말해 볼게. 꼭 너랑 연기하고 싶다고."
"고마워. 너밖에 없어."
"맞아. 널 챙겨 주는 건 나뿐이야."
"이 컵만 봐도 알지."

수빈이가 되고 싶어

연호는 이미 〈A 프로젝트〉의 주연급으로 캐스팅
된 아역 배우였다. 15세로 여름과 동갑이었지만 오
수빈의 그늘에 가려진 여름과는 격이 다른 톱스타
였다. 어린 나이에 아지트처럼 사용하는 오피스텔
을 보유하고 있다는 점도 그가 가진 재력과 명성을
증명했다. 연호는 기간제 미술 강사 일을 하며 여자
문제로 속 썩이는 형 한결을 밀어내고, 일찌감치 가
정에서도 왕좌를 꿰찬 아들이었다.

　　그는 여름과 단둘이 있는 순간을 예전보다 더 많
이 원했다. 굳이 감독에게 한겨울이 아닌 이여름을
추천하겠다는 의지를 드러내고 손수 음료를 준비하
는 적극성을 발휘하는 건, 그의 입장에서는 아무에
게나 무의미하게 베푸는 값싼 배려와 달랐다. 말끔
한 옷으로 형체를 감춘 감정이 꾸물꾸물 기어가는
중이었다.

　　여름은 연호의 표현을 우정의 또 다른 얼굴이라
애써 찍어 누르며 웃기만 했다. 여름의 남사친들은
모두 연호처럼 친절했다. 여름을 무조건적으로 응
원해 줬고 공주처럼 대우했다. 만약 연호가 여자였
다면 매번 여름에게 음료를 따라 주지도, 여름과 함
께 연기하고 싶다는 뜻을 감독에게 전하겠다는 말
을 해 주지도 않았으리라. 여름은 그 차이를 이용하
고 싶었기에 애정과 우정을 쌍둥이 취급했다.

　　결이 다른 마음이 교차하는 오후. 연호는 블라인

드를 내려 창을 반쯤 가렸고, 여름에게 은근한 신호를 보냈다. 녹은 떡처럼 가장자리가 찐득한 눈빛을 읽은 여름은 상체를 뒤로 뺐다.

"너 같은 **친구**가 있어서 다행이야."

여름은 우정을 넘어서려는 연호의 시선이 부담스럽긴 했으나 멀어지고 싶지는 않았다. 교실에서 재잘거리는 것 외엔 할 줄 아는 게 전혀 없는, 겨울의 무리 같은 여자아이들이 곁에 한 트럭 있는 것보다야 연호 같은 남자아이가 있는 게 낫다고 생각했다. 연호는 또래 중에서 가장 멋있게 담배를 피우는 녀석이었다. 가진 게 많고 겉으로 보기에도 반짝이는 보석이니 남들에게 보여 줄 때마다 자랑스러웠다. 허리춤에 매달아 놓은 반짝임을 지키기 위해선 부자연스레 덜그럭거리는 소리쯤은 감수해야만 했다.

부모님이 이혼하신 후 여름은 아버지와 함께 살게 되었는데, 아버지가 이내 지방으로 발령을 받았다. 아버지는 내려갔지만 여름은 배우 활동을 위해 서울에서 할머니와 단둘이 지내야 했다. 설상가상으로 할머니는 고혈압 합병증 때문에 수술을 앞두고 있어 간호를 받느라 고모 댁으로 건너가는 경우가 잦았다. 여름은 자주 혼자가 됐다. 사람들은 외로움을 느린 속도로 배워 가는 여름을 있는 그대로 받아들이기보다는 '그런 여름'이라며 당사자가 허가한 적 없는 꼬리표를 붙였다. 그래서 여름은 나이에 비해 일찍부터 고팠다. 사람과 사랑이.

여름이 연예계에 데뷔한 건 6세 때 우유 CF를 통해서였다. 당시 여름은 또래보다 성장이 빨라 유치원생들 사이에서 주먹 하나만큼 머리가 솟아 있었고, 정월 보름달처럼 유독 눈이 말똥하게 빛나던 아이였다. 이 세계에는 어딘지 시선이 존재했다. 예쁜 여자아이를 물색하는 어른들이 주위에 늘 도사렸으므로 6세의 여름은 명함이 많은 그 어른들의 품으로 단번에 안겼다. 연기가 무엇인지 잘 몰랐지만 "네 덕에 전셋집을 얻었다."라며 환히 웃는 아버지를 보면 마냥 기뻤다. 여름은 어른의 웃음을 위해 연기를 시작했고 재능도 있었다.

화면 속에 담길 때만큼은 사람과 사랑이 늘 곁에 있었다.

그러나 시간이 지남에 따라 주먹 하나만큼 차이가 났던 여름과 친구들의 격차는 점점 좁혀졌다. 여름의 키는 161.2cm에서 멈춰 더 이상 크지 않았으며, 왕방울 같던 눈도 친구들의 것과 다르지 않은 크기가 되었다. 유일무이할 줄 알았던 보름달이 여기저기 다른 이들의 눈 속에도 뜨기 시작했고, 여름을 품에 안던 어른들은 또다시 예쁜 여자아이, 새로운 아이를 숙명처럼 찾았다.

아역 배우 판에 반짝이며 등장한 수빈에게 많은 역할을 빼앗기게 된 건 결코 우연이 아니었다. 15세가 된 여름은 꼬리가 잘린 유성이어서 추락하는 동안에는 아름답지 못했다. 데뷔할 때만 해도 늘 모두의 관심 속에서 살 줄 알았지, 지금처럼 친구 하나를 가지기 위해 영악하게 굴어야 하는 처지가 될 줄은 몰랐다.

"넌 나한테서 멀어지면 안 돼. 여자애들은 절대로 나처럼 널 대우하지 않아."

"그래서 한겨울이 짜증 나. 학교 애들이랑 매번 우르르 몰려다니면서 인싸 코스프레나 하고. 꼴 보기 싫어."

"여자의 적은 여자인 거 알지? 걔네 다 가짜 우정이야."

"맞아. 남자애들이 여자애들보다 훨씬 더 편해."

"나 말고도 남사친이 많구나?"

연호가 대답을 기다리지 않고 거실에 놓인 TV를 켰다. 채널을 몇 번 돌리자 수빈의 비타민 음료 CF가 송출됐다. 잘나가는 여배우들만 차지할 수 있다는, 매년 3억 병 이상 팔린다는 황갈색의 비타민 음료를 든 수빈이 귀여운 몸짓으로 춤을 췄다.

"여름아. 쟤는 활동을 중단했는데 광고사에서 위약금을 한 푼도 안 물렸대."

"나랑 무슨 상관인데?"

"난 그런 오수빈보다도 너랑 더 가깝다는 걸 말해 주고 싶어. 학교에서 너한테 잘해 주는 남자애들은 신경도 쓰지 마. 네 주변 여자애들은 쓸모없는 애들이고, 남자애들은 다 가짜야. 알지?"

사회생활을 일찍 시작하는 것이 이른 사회화를 보장하진 않았다. 화면 속에서 사는 시간이 길어질수록 현실 속 여름의 친구들은 하나둘 사라졌다. 우정이 아니면 아무것도 필요 없노라 주저 없이 외칠 시기에, 여름은 어른들과 함께 있었다. 감독의 디렉팅을 찰떡같이 소화하는 법은 알았지만, 친구들이 떡볶이를 먹을 때 어떤 튀김을 추가해서 먹는지는 몰랐다. 친구들은 여름이 모르는 것들을 차근차근 가르쳐 주면서도, 며칠 뒤면 다시 미숙한 상태로 돌아가는 여름을 버거워했다. 먼저 다가왔던 여자아이들은 안부 카톡에 답이 늦게 오는 순서대로 한 명씩 멀어졌고 어른들은 혼자가 된 여름을 위로했다.

"걔들이 널 질투해서 그래."

친구들이 끼리끼리 모여 옷을 사 입고, 아기자기한 선물을 서로 나눌 때 여름은 어른의 말을 무형의 애착 인형으로 만들어 곁에 두었다. 친구들과 섬세한 마음을 나누는 방법을 알려고 하기보다, 그런 건 거추장스럽고 유치한 일이라 치부해 버렸다. 여자아이들은 나를 질투해서 소외시키는 중이며 그들과 시시콜콜한 놀이 따위 별로 하고 싶지도 않다, 그리 생각하면 마음이 편했다.

반면에 남자아이들은 달랐다. 그들은 언제나 여름에게 먼저 다가왔고 우정을 가장한 구애를 쉬지 않았다. 여름이 미숙한 행동을 보이면 귀엽다며 품어 주었고, 치기 어린 마음을 전시해도 여린 아이라며 감싸 주었다. 그들 중 일부의 마음이 심장보다는 가랑이 사이와 좀 더 가깝다는 걸 여름은 알았지만, 자신이 끝까지 모른 척을 한다면 그 마음도 우정으로 지켜 낼 수 있으리라 믿었다.

그래서 여름은 간절하게 바랐다. 제발 연호가 고백하지 않기를. 드라마에서나 보던 끈끈한 우정, 진실된 의리, 그 부러운 교감을 자신과 나눠 주기를. 그래야만 여름의 세계에서 외톨이란 단어를 지울 수가 있으니.

그때 연호의 휴대폰이 울렸다.

"누구야?"

"현규."

"편하게 받아."

연호가 여름을 살뜰히 챙기긴 했으나 막역하게 지내는 친구들은 따로 있었다. 현규는 그 무리 중 한 명인 아역 배우였고 여름과는 서로 얼굴 정도만 아는 사이였다.

"백연호, 삼청동이냐?"

"어."

수빈이가 되고 싶어

"같이 밥 먹고 롤 하게 우리 집으로 와. 듀오[1]로 돌리자."

연호는 현규의 제안을 듣자마자 여름과 시선을 교환했다. 여름은 통화 내용을 다 듣고 있으면서도 안 들리는 척 말없이 음료만 홀짝였다.

"여름이 데리고 가도 돼? 여름이도 서포터 잘해."
"시발, HJ를 왜 데리고 오냐? 승급전 가야 하는데."

연호가 당황하여 전화를 확 끊어 버렸다. HJ[2]라는 표현은 팀 게임에서 여성 유저를 조롱하는 멸칭으로, 항상 〈동물의 숲〉만 하다가 남자아이들과 어울리기 위해 몇 달 전부터 롤을 시작한 여름이 모를 리 없는 은어였다. 여름은 휴대폰 스피커 밖으로 새어 나왔던 목소리 따위는 별것 아니라는 듯 명랑한 표정을 지었다. 연호의 곁에 친구로 남기 위해서는 이런 순간을 버틸 필요가 있었다.

다만 생각했다. 앞으로 시간이 날 때마다 롤을 연습해서 절대 HJ 소리 듣지 않게끔 노력하겠다고.

여름은 유리컵을 손수 깨끗이 씻어 건조대에 올려 둔 다음 가방을 챙겼다.

---

1 게임 〈리그 오브 레전드〉(롤)에서 2인이 함께 플레이하는 것을 가리키는 용어.
2 사람의 이름에 해당하는 표현이기에 본 작품에서는 'HJ'로 달리 표기하였다.

"오후에 일정이 있어서 이만 가 볼게."

"벌써 간다고? 더 있다 가지."

"아냐. 현규가 부르는 것 같은데 얼른 가 봐. 다음에는 나도 꼭 끼워 주고!"

〈A 프로젝트〉 제작사 사무실에서 겨울과의 2차 오디션 경합이 예정돼 있었다. 적절한 핑계 덕에 불편한 상황에서 달아날 수 있어 다행이었다.

연호가 귀여운 강아지를 다루듯이 여름의 머리를 쓰다듬고선 달콤한 사탕을 잔뜩 쥐여 줬다. 팬에게 받긴 했지만 처치가 곤란했던 디저트였다.

"한겨울보다 네가 훨씬 더 연기 잘하니까 기죽지 마."

여름은 연호가 건넨 간식거리를 한가득 받아 들고는 힘차게 고개를 끄덕였다. 누가 뭐라고 하든, 언젠간 불편해질 사이라고 해도, 지금 당장 곁에 연호가 친구로 남아 주기만 한다면야 외롭지 않았다.

수빈이가 되고 싶어

3. 겨울

사무실에 일찍 도착한 겨울은 대본만큼이나 거울을 오래 보았다. 친구를 따라갔던 오디션에 덜컥 합격하여 배우의 길을 걷게 되었는데, 이 흐름을 타는 데 가장 큰 공을 세운 것은 연기력이 아니라 얼굴이라는 사실을 겨울은 잘 알고 있었다.

체격이 한창 바뀌는 시기, 묘하게 역변했다며 욕을 먹는 여름에 비해 겨울은 피부가 훨씬 좋았고, 또래들이 선망하는 마른 몸을 유지했다. 제작사 지하 주차장에는 딸의 성공을 위해 얼마든지 지갑을 열 준비가 돼 있는 엄마까지 대기 중이었다. 그러니 이번만큼은 대형 작품의 주연 자리를 꿰차야만 했다.

한겨울과 한소울. 둘은 연년생 자매였으나 인생엔 1년의 시차로는 설명이 불가한 간극이 존재했다. 언니 소울은 키즈 모델로 데뷔하여 수많은 히트작에 이름을 올렸는데, 꽃길만 걷던 중 학업에 전념하겠다며 일찍이 배우 일을 관두었다. 소울의 은퇴는 그 선택조차도 '바람직한 청소년'의 표본이라며 박수를 받았다. 심지어 소울은 뒤늦게 시작한 학업에서 두각을 보이며 우수한 성적을 유지했고 팬클럽도 여전히 건재했다. 엄마의 투자 결과를 언제나 우상향 직선으로 바꿔 주는 믿음직한 장녀였다.

차녀 겨울은 언니보다 뭐든 열등했다. 계란프라이 하나를 만들어도 소울은 노른자를 탐스럽게 익힐 줄 알았으나 겨울은 어김없이 동그스름한 언덕을 터트렸다. 그런 겨울이 언니의 그림자를 지울 수 있는 곳은 학교뿐이었는데, 학기초마다 예쁜 외모 덕에 친구들이 먼저 다가왔다. 넉넉한 용돈으로 친구들의 토스트값을 계산해 주면 그들은 학기말까지도 겨울을 떠나지 않았다.

겨울도 원했다. 사람과 사랑을.

처음에는 겨울 또한 남학생들과 사이가 좋았지만 웹 드라마 데뷔 직후 팬을 자처하는 아이에게 친절히 대했다가 곤욕을 치른 뒤로는 상황이 달라졌다. 그 남학생은 엄마의 돈을 훔쳐 고급 지갑을 선물하며 겨울에게 고백했고, 겨울은 당연히 이를 거절했다. 하지만 소문이 일파만파 퍼지면서 와전돼 겨울의 발뒤꿈치에는 '연예인병 걸려서 친구들 뜯어먹는 애'라는 왜곡된 꼬리표가 붙었다. 겨울은 껌딱지 같은 오명을 떼기 위해 커다란 노력을 해야만 했다.

본인의 용돈으로 더 비싼 지갑, 신발, 옷을 사서 증명했다. 자신은 친구들의 선물과 고백 따위 전혀 필요 없는 학생이라는 걸.

실력보다 외모로 주목받는 여자아이들의 행동은, 본인의 의도와 상관없이 외모를 이용한 계략으로 곡해되기 쉽다는 걸 겨울은 깨달았다. 사랑받기 위해서는 사랑을 받아도 필사적으로 모른 체하며 살 수밖에 없었다.

자신을 향한 남자아이들의 마음이 순수한 우정으로 지속되기 어렵단 걸 알게 된 후로 곁을 여자아이들로만 채웠다. 남학생을 배척하고 여학생을 우선으로 대우해 주자 친구들은 겨울을 '털털하고 예쁜 아이'로 인정하며 반겼다.

이제는 동급생이 아닌 엄마에게도 환영받을 기회가 주어졌다. 일인자 오수빈이 부재한 지금이야말로 최적의 타이밍이었다. 겨울은 거울을 보고 또 보았다.

뒤이어 여름이 대기실에 도착하고 겨울과 멀찍이 떨어져 착석하자 보호자 대리인으로 동행한 소속사 대표가 둘을 불러 세웠다.

"나는 너희 중 누가 돼도 상관이 없어. 중요한 건 반드시 둘 중 하나는 역할을 따 와야 한다는 거야."

대표의 입장에서는 소속 배우가 배역을 맡기만

수빈이가 되고 싶어

하면 무조건 이득이었다. 둘 다 탈락하는 변수만 생기지 않으면 만사 오케이였다. 2차 오디션까지 살아남은 후보는 오직 여름과 겨울뿐이었다. 수빈이 소속된 엔터사에 매번 성과 측면에서 밀렸으므로 대표는 이번 〈A 프로젝트〉의 주연 자리만큼은 본인의 회사에 떨어지길 바랐다.

이것은 제작사 사람들이 여름과 겨울 중 하나를 쉽사리 선택하지 못하는 이유이기도 했다. 그들은 오디션이 시작되기 직전, 회의실 문을 뚫지 못할 만큼 작은 목소리로 의견을 나눴다.

"참 곤란하네. 하나를 뽑긴 해야 하는데."

제작사 대표는 여름과 겨울의 프로필 문서를 볼펜 촉으로 톡톡 두드리며 뒤통수를 긁었다. 그 옆에 앉은 감독도 건성으로 종이를 수차례 넘겼다.

"이여름은 실력. 한겨울은 비주얼…. 요즘 것들은 애매하게 하나만 갖고 있다니까요."
"이래서 수빈이가 필요했던 건데."
"물건이 없어요, 물건이."
"이러다가 3차까지 가는 거 아니야? 시간 아깝게."
"아참. 겨울이네 어머님이 연락했다면서요?"
"밥 먹자더라. 그 여자는 소울이 복귀나 시키지 뭐 하러 안될 자식에 투자하나 몰라."

조롱과 냉소가 뒤섞인 위험한 공간에서 거짓 없이 매초를 사는 건 시계뿐이었다. 하얀 벽시계가 오후 2시를 가리키자 대표는 볼펜을 놓고 손뼉을 치며 분위기를 정리했다. 그들의 간담회가 창밖으로 달아나는 담배 연기와 함께 막을 내린 뒤 연출부 막내가 눈치껏 대기실로 가 문을 두드렸다.

"한 명씩 들어오시랍니다."

둘 중 누구도 반겨 주지 않을 세계로 여름과 겨울은 다시 발을 뻗었다. 걸음이 겹칠 때마다 둘은 서로를 날카로이 응시했다.

간절함이란 독점할수록 호소력이 커지니, 그 마음을 덜어 가려는 상대는 방해가 될 뿐이었다.

수빈이가 되고 싶어

겨울의 인터뷰

Q: 데뷔 히스토리가 인상적이에요. 친구를 따라 웹 드라마 오디션장에 갔다가 캐스팅되셨다면서 요? (엄지를 세움) 역시 천년 비주얼답네요.

A: 감사합니다.

Q: 대신에 그 친구랑은 관계가 좀 껄끄러워졌을 텐데요?

A: (짧게 머뭇거림) 지금은 괜찮아요!

Q: 언니의 필모를 따라가는 신예 다크호스로 유명했어요. 언니의 경력이 부담스럽진 않았나요?

A: 대단했던 배우의 가족이라 영광이죠. 부담마저도 축복이라고 생각해요.

Q: 〈A 프로젝트〉 2차 오디션 후에는 연기력 때문에 여름 씨와 자주 비교가 됐었죠. 결국 교내 축제 때 갈등이 생겼다는 후문, 해명 가능한가요?

A: (이마를 짚음) 아…. 그건….

4. 둘이 아닌 사람들

소속사 대표가 여름과 겨울을 회사로 호출했을 때는 이미 2차 오디션이 끝나고도 1주일이 지난 시점이었다. 매니저가 드라마 섭외 건으로 급하게 자리를 비우는 바람에 여름은 소속사까지 스스로 가야만 했다.

택시를 타고 싶었지만 할머니의 병원비 때문에 용돈이 부족한 상황이라 대중교통을 이용했다. 버스를 타고, 지하철 2호선을 타고, 다시 4호선으로 갈아탄 뒤에야 겨우 목적지에 도달했다. 배우라는 타이틀은 이럴 때 참 별로였다. 친구들처럼 평범하게 살아도 초라한 사람이 되므로. 여름은 모자챙 아래로 얼굴을 모조리 감추었다.

먼발치서 엄마와 함께 차에서 내리는 겨울이 보였다.

수빈이가 되고 싶어

"데려다줘서 고마워."

"집에 갈 때 케이크 사자. 소울이가 한라봉 케이크 먹고 싶대."

"난 딸기 맛이 더 좋은데."

"오늘은 한라봉으로 먹어."

겨울의 엄마는 트렁크를 정리하느라 여념이 없었다. 대형 백화점의 소수 VIP에게만 지급된다는 황금색 쇼핑백들이 일렬종대로 줄을 이었다. 그녀는 발레파킹 기사에게 차 키를 넘기고는 화려한 로고가 박힌 지갑을 꺼내 팔과 가슴 사이에 끼웠다.

여름이 들고 있는 건 지갑이 아닌 대본이었다. 주위를 둘러볼 필요도 없이 여름의 곁에는 아무도 없었다. 아버지는 할머니의 안부를 묻기 위해 격주에 한 번씩 연락할 뿐 살갑지 않았다. 값비싼 것들로 트렁크를 채우는 건 고사하고 가족과 함께 쇼핑을 하는 일도 여름에겐 남의 블로그에서나 훔쳐본 일상일 뿐이었다.

이런 날에는 유달리 날씨가 좋았다. 비라도 쏟아졌다면 고개를 숙이고 가느라 앞을 보지 못했을 텐데. 장난치기 좋아하는 하늘은 언제나 마주하고 싶은 것보다 마주하고 싶지 않은 것을 먼저 보여 주었다.

여름은 왜 저런 집안에서 태어난 겨울이 연기를 하는지 도통 이해가 되지 않았다. 좋은 외모를 활용해서 적당히 편하게 살아 주면 좋겠는데 어째서 험난한 연기 판으로 와 남의 앞길을 막는지 모를 일이었다. 게다가 여름에게 간절한 배역까지 넘보고 있으니 속이 쓰렸다.

여름은 눈앞의 오늘이 미웠다. 대본을 꼭 쥐고 노력해도 결국 코앞의 가진 자들에게 그동안 일궈 온 걸 위협받는 하루가. 같은 일이 반복될 내일도.

눈치 없이 머리 위로 햇살을 들이붓는 날씨의 요정을 만난다면 멱살이라도 잡고 싶었다.

"잘하고 와. 역할 뺏기면 안 돼."

한편 겨울은 등을 돌려 카페로 향하는 엄마의 뒷모습을 바라보았다. 딸들을 위해 얼마든지 지갑을 열어 주는 엄마였지만 그녀의 머릿속에서 살아 움직이는 아이는 언니뿐이었다. 언니가 먹고 싶다던 케이크를 손수 골라 포장하는 엄마를 상상했다. 딸기를 말했던 겨울의 목소리는 새하얗게 잊은 채 오직 한라봉만을 떠올릴 엄마는 한 번도 뒤를 돌아보지 않았다.

겨울은 유복한 환경에서 부족함 없이 자랐지만, 단 한 순간도 원하는 것이 충족된 삶이라고 느끼질 못했다. 차고 넘칠 만큼 충족된 건 쓸쓸함뿐이었다. 다른 것들로 채우려 하면 할수록 마음에는 자그마한 구멍들이 생겼다. 소중한 건 발버둥 칠수록 멀리 달아난다는 불합리함을 겨울은 배워 가고 있었다.

수빈이가 되고 싶어

타인은 복에 겨운 일상에 만족하지 못하는 겨울의 목소리를 기만으로 낙인찍어 쉽게 재갈을 물렸다. 그러니 겨울은 이제라도 언니만큼 잘한다면 엄마가 고를 케이크 위에 딸기 한 알 정도는 올릴 수 있지 않을까, 홀로 생각할 뿐이었다.

이윽고 겨울과 여름은 같은 엘리베이터에 탑승했으나 인사 없이 각자 서 있는 쪽의 벽만 응시했다.

소속사 대표는 둘을 회의실에 앉힌 다음 제 몫의 커피를 가져왔다. 여름과 겨울에게 건넨 건 생수 한 병씩이 전부였다. 마침 음료가 동이 났다는 핑계를 댔는데 사실은 살이 찔 만한 걸 먹이지 않겠다는 속셈이었다.

"제작사에서 또 결정을 못 했어."

여름과 겨울이 불안함을 감추고자 손가락을 꼼지락거렸다. 여름은 대표의 콧잔등을 바라보았고 겨울은 신발 사이를 내려다보았다.

"3차까지 가는 건 이번이 처음이래. 둘 다 최선을 다하지 않은 거야?"

대표는 제작사 측에서 결정을 내리지 못하는 이유를 어렴풋이 알고 있었다. 한 명은 실력파, 다른 한 명은 비주얼파. 결국 두 후보가 고만고만한 탓이니 지금 해야 할 말은 위로보다 채찍질이었다. 중학생들의 마음이라면 그들의 가족이 알아서 잘 감싸

줄 것이고, 당장은 결과를 만드는 일이 우선이니.

두루뭉술하고 말랑한 말들은 비즈니스를 할 땐 최악이기도 하니까.

"이여름. 아직도 살을 못 빼면 어떡해? 지금보다 최소 3kg은 더 빼야 교복 핏이 예쁘게 떨어진다 고 했잖아. 데뷔한 지도 오래된 애가 요즘 들어 왜 이렇게 아마추어같이 굴까? 수빈이가 없는 동안 에도 밀리고 싶어?"

"아니요…."

"요즘 운동은 하니? PT 쌤이 너 못 본 지가 꽤 됐 다던데."

"최근에 생리통이 심해서…."

"약으로 주기 조절 안 하니?"

"계속 먹으니까 여드름이 나서…."

"피부며, 몸이며, 못 산다, 여름아! 식단이라도 좀 신경 써. 응? 너 잘되라고 내가 이렇게 걱정하잖 아. 이런 말은 안 하려고 했는데 말이야…."

여름은 최고로 자존심이 상하는 말을 들을 준비 가 아직 돼 있지 않았다.

"옆을 보면 느끼는 거 없어?"

여름은 대답 대신에 고개만 푹 숙였다. 곁의 아이 가 자신보다 키가 7cm 더 크지만, 몸무게는 3kg이 나 덜 나간다는 걸 모르지 않았다. 젓가락 같은 일자 다리에 모공 없는 피부. 매끈매끈하고 긴 머리칼. 사

수빈이가 되고 싶어

각 라인으로 똑 떨어지는 어깨. 여름은 겨울의 외모를 분석하는 온라인 글을 이미 다 보았다. 칭찬 속에 나열된 온갖 잣대와 시선들. 그 기준을 충족시키지 못하는 자신.

누구보다 여름의 외모를 싫어하는 건 대표가 아니라 여름 본인이었다.

"한겨울. 너도 잘한 거 없어."

여름을 시든 풀로 만들어 놨으니 다음은 겨울을 밟을 차례였다.

"왜 이렇게 연기가 안 느니? 겨울아, 너한테는 이미 세팅된 환경이 있잖아. 집에 가면 소울이가 있는데 코칭을 전혀 받지 않는 거야? 널 보면 속이 터져."

"죄송합니다…."

"죄송해하지 말고 잘해. 여름이는 오늘도 대본을 들고 왔잖아. 넌 안 챙겨 왔지?"

"오늘은 그냥 미팅이니까…. 엄마 차 안에 있긴 한데…."

"넌 그게 문제야. 언제까지 엄마랑 언니 그늘 속에 있을래? 네 외모만으로 올라가는 데에는 한계가 있어. 아무리 못해도 여름이만큼은 해야 돼. 여름이를 봐! 쟤는 실력으로 올라왔잖아."

겨울이 겨우 고개를 들어 대표와 눈을 맞추고는

허리를 숙여 연거푸 사과했다. 무능함에 속이 터지는 건 자기 자신인데 그 점 때문에 타인에게 사과까지 해야만 했다. 입안이 싹 마르고 신물이 올라오는 이 감각이 치욕의 맛이라면, 평생 모르고 싶은 맛이었다.

"한겨울."
"네…."
"넌 있는 집 딸이라서 간절하지 않은 거야."

겨울은 지긋지긋했다. 사람들은 풍족한 가정에서 태어난 아이를 늘 부러워하지만, 정작 자신은 그 '부잣집'이라는 틀로 인해서 얼마나 많은 마음을 거세당한 채 살아야 했던가. 겨울은 잘하고 싶었다. 남들처럼 노력이란 걸 했다. 그런데도 여름만큼 연기를 잘하진 못했다. 가진 자가 무능할 경우 세상은 당사자를 더욱 가혹하게 비난했다.

온실 속의 화초처럼 자랐음에도 마음은 시멘트 사이의 잡초였다. 세계는 건조한 사막이라 물방울 하나 내려 주지 않았다.

"둘 다 어른스럽게 행동해. 너흰 이제 프로야."

어른스러울 필요가 있다는 15세. 대표가 그리 말하면 그걸 정답으로 삼아야만 했다. 들숨이 콱 막히고, 한숨만 줄줄 새어 나오는 명령들. 가장 미워하는 상대와 자존심이 상할 만큼 비교를 당했음에도 이

수빈이가 되고 싶어

치욕을 견뎌 내는 일이야말로 어른의 계단에 오르는 일이라 믿으며 둘은 기꺼이 감수했다.

꾸중을 듣는 동안 혼자가 아니었단 사실만이 유일한 위안이었다. 그러나 서로에게 위로가 돼 줄 순 없었다.

"각자 옆에 있는 애를 닮아 보려고 노력해!"

하루는 짧고 외로움은 길었다.

교실은 아침부터 시끌벅적했다.

남학생들에게 둘러싸인 여름은 지난밤 친구들과 디스코드를 통해 함께 플레이한 게임 얘기를 이어 갔다. 즐거움이 고갈될 때쯤에는 자극적인 유튜브 영상을 같이 봤고 그 후에는 선생님들 험담을 했다. 진심도 없고 재미도 없는 일들이었지만 쓸쓸한 아침을 물리쳐 주는 데는 탁월한 선택지였다.

지각을 겨우 면한 겨울이 등장하자 한 덩어리의 아이들이 손을 들어 반겨 주었다. 겨울은 여름을 흘겨보고는 정확히 반대쪽에 위치한 무리로 향했다. 카톡 방에서 링크가 공유됐던 아이돌 무대의 감상을 들었고, 최근에 인기 있다는 웹 예능 이야기도 경청했다. 화제가 고갈되면 겨울도 선생님들 험담을 했다.

여름과 겨울은 상대보다 더 크게 웃고 떠들며 자신의 존재감을 과시했다. 호흡할 때마다 시선의 활

시위가 당겨졌고 날아간 시선은 교실을 가로질러 상대의 영역에 꽂혔다.

'이여름. 넌 여자 친구 하나 없어서 매번 남자애들 이랑만 놀지? 불쌍해.'
'한겨울. 거기서 평생 애쓰면서 살어. 이제 내가 더 인기 많아.'

말다툼으로 번지지 않을 만큼만, 아슬아슬하게 마음을 빗나가는 두 활촉으로 여름과 겨울은 기세 싸움을 이어 갔다. 겉으로는 즐거운 얘기를 하는 중임에도 둘의 세계에서는 들리지 않는 포화 소리가 반복됐다.

조례 시간에 등장한 담임이 부랴부랴 유인물을 분배했다. 한샘중학교는 매년 볼거리가 많은 축제를 개최했는데 그중에서도 연극이 유명했다. 3학년이 대본을 작성하고, 2학년이 배역을 맡으며, 1학년이 스태프로 참가하는 전통이 있었다.

"올해 각색작이 〈아마데우스〉인 거 알지? 반에서 두 명씩 교내 오디션에 참석해야 한대."

담임은 여름과 겨울이 알아서 손을 들어 주길 바랐다. 둘이 아역 배우라는 건 전교생 중 모르는 학생이 없을 정도로 유명한 사실이었다. 둘이 아닌 다른 학생들을 독려해 봤자 누구도 선뜻 용기 내지 못할 게 분명했다. 담임은 다른 학생들에게 위화감을 조성할

수빈이가 되고 싶어

필요 없이 당사자들이 알아서 참석 의사를 내비치기만 기다렸다.

여름과 겨울은 심드렁히 유인물을 훑었다. 〈A 프로젝트〉를 신경 쓰기에도 벅찬데, 맡아 봤자 인터넷 기사 한 줄 작성되지 않는 교내 연극 따위에 관심을 줄 시간은 없었다. 둘이 손을 들지 않자 담임은 잠깐 기다린 후에 멘트를 바꾸었다. 눈치껏 나서게 만들 방법이 있었다.

"지원자가 없으면 추천을 받아 볼까 해."

맨 뒤에 앉은 민우가 가장 빨리 손을 들었다.

"이여름을 추천합니다. 여름이 말고 주인공 할 사람 없잖아요. 인정?"
"이여어얼. 한민우. 너 이여름 좋아하냐?"
"아, 개소리야!"

남학생들이 너도나도 입을 모아 여름을 추천했다. 친구의 체면을 살려 주려는 그들식 의리였다. 여름은 겨울보다 먼저 추천을 받았단 사실에 올라가는 입꼬리를 감추지 못했다. 손을 휘적거리며 거절하는 척을 했으나 누려야 하는 순간은 착실히 누렸다.

이에 질세라 앞줄에 앉은 지수도 손을 들었다.

"저는 겨울이를 추천합니다. 비주얼이 역사물 찍기 딱이잖아요."
"맞아. 겨울이 가끔 옆에서 보면 로판 주인공 같아."

"겨울이 추천하는 사람?"

"나, 나, 나."

여름의 씰룩거리는 광대가 불편했던 다른 학생들도 겨울과의 우정을 뽐냈다. 그들은 사실 겨울이 연기 면에서는 부족하다는 걸 알았기에 외모 칭찬을 나열하며 겨울이 우위인 부분만 강조했다.

겨울도 친구들이 고마웠다. 누구도 자신을 추천하지 않았더라면 여름과 비교돼 속상할 뻔했는데 응원하는 친구들이 있으니 체면은 지켰다.

후보 추천을 도화선 삼아 여기저기서 외모 칭찬과 실력 비교가 이어졌고, 나쁘고 좋은 온갖 발언들이 쏟아졌다. 재기발랄함으로 뭉친 교실, 담임의 담당 과목은 도덕이 아니었고, 아이들 중 누구도 발언권을 뺏기지 않았다.

각 세력이 힘을 과시하는 가운데 분위기는 과열됐다. 담임은 흡족한 얼굴로 둘의 이름을 오디션 참석자 명부에 적은 다음 조례를 마쳤다. 판을 깔아 놓은 어른이 퇴장한 뒤에도 교실에 붙은 불은 꺼질 줄을 몰랐다.

여름은 며칠 동안 집에 오기만 하면 〈아마데우스〉 대본부터 보았다. 학교에서는 신경 쓰지 않는 척하면서도 뒤에선 악착같이 연습을 했다. 겨울을 이기고 싶은 나머지 하루가 30시간으로 늘어났으

수빈이가 되고 싶어

면 좋겠다고 생각할 정도였다.

여름의 할머니는 대사를 웅얼거리며 양말을 벗는 손녀가 갸륵했다.

"씻고 하지."
"세 번째 신까지만 보고요."
"저녁은?"
"안 먹을래요."

노인에게 그 집념은 익숙했다. 그녀의 눈에는 손녀의 몸이 이미 야위어 뱃가죽이 등에 붙은 듯 보일 지경이었으나, 거울을 볼 때마다 부쩍 서러운 표정을 짓는 아이에겐 하고 싶은 말을 다 할 수가 없었다. 조금이라도 살집이 붙고, 뾰루지가 생기면 땅이 꺼져라 죽은 숨을 뱉는 손녀를 볼 바에야 차라리 한국인은 밥심으로 산다는 자기 신념을 외면하는 게 나았다.

오래전, 수빈과의 경쟁에서 밀렸을 때 과호흡 증세를 겪던 여름을 달래 주면서 노인은 손녀의 마음을 함부로 꺾었다가는 더 위험한 일이 생길지도 모른다는 두려움을 느꼈다. 그렇기에 건강을 해치는 줄 알면서도 손녀가 굶겠다고 하면 내버려 뒀다.

"계란말이 해 놨으니까 나중에라도 먹어."
"네에."

여름은 들은 척만 하고선 대본 속 세상에 자신을

감금했다. 현실에서 달아나게 해 줄 낙원은 대본 속에, 현실을 바꿔 줄 마법진도 대본 속에, 현실을 고통스럽게 만드는 지옥도 모두 대본 속에 있었다.

흰 종이는 세계요, 검은 글자는 영혼이니 이 순간 여름에게는 얇은 문서 뭉치만이 전부였다.

"쉬엄쉬엄하래도."

"안 돼요! 학교 연극 주인공을 뺏기면 쪽팔린단 말이에요."

"학교에서도 경쟁이니?"

"아 몰라요. 방문 닫을게요."

혼자 남겨진 노인이 멋쩍은 쉿소리를 내고선 거실 소파에 앉았다. 탁자에는 손녀의 환한 미소가 표지를 장식한 철 지난 잡지가 있었다. 노인은 페이지를 넘기고 또 넘겼다. 질릴 만해지면 손녀에게 배운 대로 유튜브에서 지난 작품 클립들을 재생하여 제일 사랑하는 여자아이가 나오는 부분을 골라 보았다.

"그때나 지금이나 뼈다귀밖에 없고만."

안쓰럽지 않은 기특함은 없는 걸까, 노인은 그리 생각하며 손녀가 좋아하는 무지갯빛 컵에 우유를 가득 채워 뒀다.

3학년들이 심사하는 오디션은 비공개로 진행됐다. 그러나 여름과 겨울이 경쟁을 벌인다는 소문이 일찌감치 퍼져 나간 상태여서 심사를 맡지 않은 학

수빈이가 되고 싶어

생들도 창문에 달라붙어 상황을 구경했다.

"오디션 시작하기 전에 사인 좀 해 주라."

3학년들은 선배로서의 위치와 팬으로서의 위치 사이에서 우왕좌왕하며 상기된 얼굴을 감추지 못했다. 이미 사인용 종이와 펜을 책상에 꺼내 놓은 학생도 있었다.

"여름이는 연습 열심히 했어?"
"바빠서 많이 못 했어요."

선배의 물음에 여름은 능청스럽게 고개를 저었다.

"겨울이는?"
"저는 대본을 거의 못 봤어요."

둘은 전날 밤 자정까지 주인공 모차르트와 살리에리의 대사를 연습했다. 고작 교내 연극 따위에 최선을 다했다는 말은 하고 싶지 않아 그럴듯한 연막을 피워 속내를 감추었다. 라이벌만 없었다면 바쁘단 핑계로 오디션에 불참했겠지만 경쟁자한테 좋을 일은 결코 해 주고 싶지 않았다.

'너 따위는 가뿐하게 이길 수 있어.'

둘은 서로를 미워할 때마다 기막히게 이심전심이었다. 똑같은 무게의 자존심이 어깨에 빳빳이 꽂혔다.

곧이어 시작된 오디션이 이름순으로 진행되는 덕에 선공의 기회는 여름에게 주어졌다. 여름은 모차르트의 얼굴을 떠올렸다. 나이도, 국적도, 시대도 달랐지만 머리에 상대를 꽉 채우면 그가 될 수 있었다. 꿀렁이는 심장이 거센 펌프질을 시작하자 목구멍 끝까지 대본의 활자들이 튀어 올랐다. 해방을 준비하는 동안 눈동자 속에는 오래전 잃어버렸던 보름달이 휘영청 솟았다. 맞은편에서 오직 여름만 바라보는 선배들의 눈동자가 카메라 렌즈처럼 붉게 깜박이자 여름은 두 팔을 활짝 펼쳤다. 모차르트에게서 훔쳐 낸 세계를 보여 줄 시간이었다.

"꿈을 꾸기에 나의 인생은 빛난다오!"

적갈색 단발머리가 힘차게 찰랑였고, 당찬 목소리에는 더운 숨이 섞여 나왔다.

여름이 가진 장점은 발성과 표현력이었다. 성인 연기자들도 종종 여름의 연기를 레퍼런스로 삼았다. 여름은 인물에 어울리는 화법을 조사하여 능동적으로 대사의 어미를 수정하는 기교까지 보였다. 확신에 찬 표정과 노련한 몸짓은 덤이었다. 심사 위원들은 또다시 역할을 잊은 채로 감탄하며 휴대폰으로 영상을 찍기 바빴다.

겨울은 일찍 터져 버린 관중의 반응에 기가 죽었다. 똑같은 대사를 연습했으나 하던 대로 했다가는 비교가 될 게 뻔했다. 여름을 탐탁잖게 여기는 것과 별개로 연기를 잘하는 건 사실이었으니. 겨울은 재빨리 머리를 굴려 모차르트가 아닌 살리에리의 대사를 읊었다.

"신이시여. 욕망을 심으시곤 왜 재능은 주지 않으셨습니까?"

처연한 표정으로 호소하는 이목구비가 창문 너머 기어 오는 햇빛을 머금어 빛났다. 겨울은 특기이자 장기인 외모를 살리기 위해 제일 자신 있는 아련함을 연기했다. 심사 위원들은 대사가 끝난 뒤에도 사진을 찍고 싶다며 표정을 유지하라 요구했다.

하지만 그 자리에 있던 모든 이들이 눈치를 채 버렸다. 겨울의 발성과 표현력은 여름에 비하면 한참 부족했고, 연기력도 한 수 아래라는 점을.

사람들이 속내를 겉으로 드러내지 않아도 세상만사는 순리대로 흘러가는 법이라 결국 여름에게 주인공 모차르트 역할이 배정됐다. 남은 주인공 살리에리 역은 예상외로 겨울에게 가지 않았다. 겨울은 타 학급의 지원자와 투표로 경합을 벌이게 되었다. 여름과 겨울이라는 큰 별에 가려졌을 뿐 배우를 꿈꾸는 샛별들은 어디에나 있었다. 이 소식을 들은 겨울은 자존심이 상해 자발적으로 경쟁을 포기하고선 아랫입술을 세게 깨물었다.

'왜 나는 이여름처럼 안 되는 거지?'

비릿한 피도 패배의 굴욕보다는 달았다.

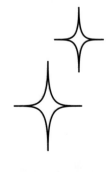

여름의 인터뷰

Q: 겨울 씨를 꺾고 학교 연극 주인공을 따냈을 때 기분이 어떠셨나요?

A: ⟨A 프로젝트⟩ 3차 오디션 준비랑 겹쳐서 고민이 됐죠. 해야 할지 말아야 할지.

Q: 그 시기가 여름 씨에겐 유독 바쁜 시기였죠. 연기로도, 다른 일로도.

A: (쓴웃음) 그렇죠.

Q: 같은 시기에 터졌던 백연호 씨와의 스캔들을 언급하지 않을 수가 없는데요.

A: 하하. (잠깐 적막) 올 게 왔네요.

Q: 스무 살이 되신 이제야 허심탄회하게 묻는 거지만, (상체를 전방으로 기울임) 정말로 그때 홍대 작업실에 백연호 씨와 함께 계셨나요?

A: 같이 있긴 했는데요. (가슴에 손을 얹음) 소속사 공식 입장대로 저는 결백해요.

Q: (미심쩍은 눈빛) 그 스캔들은 사실이 아니란 뜻이죠?

A: 절대로요. (확신에 찬 얼굴) 저는 그분과 사귀지 않았고요, 약을 하지도 않았어요.

스케줄이 없던 날. 연호는 신인 래퍼로 급부상 중인 준수의 홍대 작업실을 찾았다. 수개월 전만 하더라도 준수가 연호의 오피스텔까지 직접 가야만 했으나 이제는 둘의 위치가 제법 비슷해졌다.

싱글 음원의 성공 덕에 준수는 '천재 하이틴 래퍼'라는 수식어를 선물 받았다. 통장에는 나이에 걸맞지 않은 잔고가 찍혔고, 창작 행보를 쫓는 기사는 하루에도 서너 개씩 배포됐다. 같은 재능을 보유해도 세상은 어린 자에게 더 많은 축복을 허가했다. 준수는 나이를 도구로 사용할 줄 아는 아티스트였기에 어디를 가나 본인을 힙합계의 막내라며 귀엽게 포장했다.

유명한 성인 뮤지션들과 인스타그램 맞팔을 했으며 댓글로 친분을 과시했다. 휴대폰에 찍혀 있는 부재중 전화 목록을 연호에게 보여 줌과 동시에 "이형 진짜 피곤해, 또 연락했어."라며 으스대기도 했

수빈이가 되고 싶어

다. 유치함이 읽히더라도 상관없는 과시였다. 작위적으로 머리칼을 툴툴 털며 연호에게 새로 바꾼 금발 헤어스타일을 자랑할 때, 그는 치아 교정기가 훤히 보일 만큼 입을 찢어 웃었다.

'나 이제 너보다 잘나간다.'

반지하 작업실의 층고가 무색할 만큼 준수의 어깨가 치솟았지만 그의 어리숙한 허세에도 아랑곳않고 연호는 눈꼬리를 가늘게 접었다.

"백연호, 애들 부를래?"
"불러야지."
"그럼 네가 여자애들 불러."

연호와 준수는 짧은 생각을 뱉을 때도 날카로운 시선을 주고받았다. 한창 서열을 정리하는 시기, 이성 친구들을 부르는 행위는 주로 무리에서 을인 사람이나 하는 일이었다. 더 많은, 더 예쁜 친구를 대령하여 상대를 기쁘게 해 주는 일은 바닥에 엎드린 자의 도리였다. 이 질서에 응하지 않으면 능력 없는 찌질이 취급을 받기에 싫어도 따라야 했다.

연호는 유명세를 경험한 이후 기어오르려는 준수의 태도가 그저 우스웠다.

'꼴랑 힙찔이 래퍼 주제에.'

톱 배우 백연호와 래퍼 임준수. 연호는 이름 앞의

수식어가 자신에게 얼마나 높은 지위를 부여하는지 어린 시절부터 경험했다. 특권을 쥔 이상 그는 평등 속에서 살지 않으려 했고, 끽해 봤자 무대에서 엉덩이 타령이나 하면서 어른스러운 척 폼을 잡는 준수 정도는 같잖게 여겼다. 연호는 무대에서 수트를 입었지만 준수는 펑퍼짐한 배기 진을 입는 존재였으니.

연호가 소파에 앉아 공작이 꽁지깃을 펼치듯 두 팔을 활짝 펴 등받이에 기댔다.

"난 여름이를 부를 테니까 다른 애들은 너 좋을 대로 아무나 불러."

그러곤 교활한 반쪽 미소를 띠며 준수에게 손가락을 까딱거렸다. 자신만만하던 준수의 미간을 3초 만에 구길 수 있는 이름을 연호는 쉽게 읊었다.

친구가 된 뒤, 준수에게 가장 큰 굴욕을 안겨 준 사람은 연호가 아니라 여름이었다.

"준수야. 넌 까였다며?"
"어차피 진심으로 좋아한 것도 아니었거든."
"쪽팔리지?"
"그러는 너는 자신 있냐?"
"어. 곧 넘어올걸."
"아니. 이여름은 너도 친구로만 볼걸?"
"멍청하긴. 걔한테 친구가 어디 있냐?"

연호가 소파에서 일어나 벽면에 설치된 신발 진

열장으로 향했다. 최상단, 정중앙. 준수가 선물 받은 것 중 가장 값비싼 물건인 조던 슈즈가 가보처럼 모셔져 있었다. 준수는 날고 기는 뮤지션 형이 선물해 줬다는 사실과 리셀링 가격이 300만 원에 달한다는 점이 자랑스러워 스탠드 조명까지 동원해 신발을 장식했다. 돈이 곱절은 더 많은 연호도 쉽게 구하지 못하는 한정판 제품이었다.

"이번 달 안에 사귀면 이 신발 나 주는 거 알지? 내기 잊지 마."

연호가 이죽대며 진열장을 두드렸다. 탕탕. 위협적인 소리가 날 때마다 준수의 자존심에도 균일한 박자로 금이 갔다.

"충격 주면 기스 나!"

결국 준수는 신발이 걱정돼 초라하게 외치고야 말았다. 물건을 잃을까 걱정해야 하는 하찮은 처지가 된 준수는 연호에게 우스꽝스럽게 비치는 것이 분하여 어금니를 꽉 깨물었다.

처음엔 연호의 콧대를 꺾기 위한 장난이었다. 연호가 여름에게 공을 들이고 있다는 걸 알았기에 자신이 먼저 여름과 사귄다면 서열을 바꿀 수 있을 거라 판단했다. "내가 이여름이랑 먼저 사귀어도 되냐?" 그 도발이 문제였다. 연호는 미리 점찍어 둔 사람을 탐내는 래퍼 나부랭이가 가소로웠으며 한편으로는 믿고 있었다.

자기가 점찍은 아이는, 아니, 물건은, 절대로 뺏길 리 없다는 걸.

그래서 연호는 준수에게 내기를 제안했다. 한 달이 지나기 전에 누가 먼저 여름과 사귈지를 놓고. 준수는 보기 좋게 고백을 거절당했다. 밤마다 통화를 했고, 적당히 어깨동무도 했고, 여름이 좋아한다던 〈동물의 숲〉까지 여러 번 같이 했음에도 실패했다.

[나는 우리가 좋은 친구로 지냈으면 해.]

여름의 능숙한 거절 메시지가 준수의 자존심을 짓밟았다. 준수는 내기에서 졌다는 사실도 분했지만, 감히 여름 따위가, 업계에서 늘 오수빈에게 밀리는 꺾인 날개 따위가 고백을 거절했다는 점이 분해 미칠 것 같았다.

"아 시발!"

계속해서 진열장 유리를 두드리는 연호를 향해 끝내 욕을 뱉으면서도 준수는 한 여자아이만 생각했다. 이 지저분한 싸움은 모두 그가 동경하는 형들의 세계에서 훔쳐 온 조각이었다.

여름과 몇몇 아이들이 준수의 작업실에 도착했다. 연호는 다정한 눈빛을 보내며 여름의 외투와 가방을 옮겨 줬고, 먹을거리를 세팅했다. 역겨운 위선

수빈이가 되고 싶어

에 준수는 속이 끓었으나 아직은 한 방을 먹일 때가
아니었다.

준수는 다음 앨범에 수록할 곡을 친구들에게 들
려주었다. 한 무리의 소년들이 변성기가 끝날 듯 말
듯한 목소리로 환호를 내질렀다. 뼈대는 덜 자랐어
도 안목은 이미 성장이 끝나 버린 아이들은 인터넷
에서 본 경박한 춤을 흉내 내며 저마다 더 잘 노는
척 몸을 흔들었다.

여름은 준수의 작업실을 방문하는 일이 내키지
않았으나 연호의 부탁을 거절하면 친구를 잃을까
봐 어쩔 수 없이 찾아왔다. 무리를 따라 자신도 한껏
개방된 마인드를 가진 듯이 춤을 췄다. 그러는 중에
도 속으로는 자신답지 못한 행동을 하고 있다는 이
질감이 들어 불편했다.

준수는 머릿속의 계획을 정리한 뒤 여름에게 다
가갔다.

"여름아, 잘 지냈어?"

                            '백연호가 불렀다고 쪼르르 오냐?'

"응…. 너는?"

"나도."

                    '너한테 고백한 게 내 인생 최대의 수치다.
                        넌 요즘 한겨울한테도 밀리고
                            나보다 급도 떨어지잖아.'

"다행이네…."

"너무 불편해하지 않았으면 좋겠어. 네 말대로 난 너랑 친구로만 남아도 괜찮으니까."

'시발. 내가 너 나락으로 보낸다.'

둘의 대화 밖에서 연호는 준수가 아직 포기하지 않은 건지, 정말로 여름을 좋아해서 수작을 부리는 건지 예의 주시했다. 준수의 고백은 이미 거절당했으나 가까이 붙어 있는 둘을 보니 거슬리긴 했다. 여름이 자신의 세계에서 우정이라 믿은 모든 마음들이 연호의 세계에선 처음부터 존재한 적이 없었으니.

설령 존재한다 해도 여름과의 관계에선 아니었다.

친구들은 다 같이 틱톡 영상을 찍으며 시끄럽게 떠들었다. 준수와 연호가 더 보태지 않아도 즐거운 분위기가 가라앉질 않았다. 그 틈을 타 준수는 여름의 귀에 대고 속삭였다. 잠깐 둘이 바람이나 쐬러 올라가자고. 이것도 형들에게 배운 전략이었다.

둘을 견제하던 연호도 얼른 따라나섰다. 준수는 그의 행동을 예상했기에 둘이 아니라 셋이 되는 상황을 신경 쓰지 않았다.

작업실 뒷골목에서 준수가 사방을 두리번거렸다. 홍대 인근이긴 해도 번화가가 아닌 주거 단지 쪽이라 집 외의 다른 건물은 동네 주민들이 종종 이용하는 찜질방이 하나 있는 정도였다. 늦은 시간이어서

수빈이가 되고 싶어

근처에 사람이 없었기에 준수는 더 고민하지 않고 주머니에서 겁 없이 뭔가를 꺼냈다.

"여름아. 이거 하나 피워. 아무한테나 주는 거 아니야."
"이게 뭔데?"
"우린 다 해."

준수가 꺼낸 물체를 본 연호는 코웃음을 치고서 먼저 한 개를 가져갔다. 준수의 말대로 '우리'에 속한 연호는 이미 경험한 적이 있었다.

"친구라며. 이런 거 못 하면 우리랑 친구로 못 지내."
"아니, 이게 뭔데…."
"뭐기는."

준수가 반대쪽 주머니에서 라이터를 꺼내더니 막대 형태의 물체 한 개를 입에 물고 불을 붙였다. 연호는 벌써 입으로 연기를 뿜는 중이었다.

여름은 촬영장에서 어른들이 담배를 피우는 모습을 숱하게 보았다. 그래서 알 수 있었다. 눈앞의 막대는 일반적인 담배와는 냄새와 생김새가 미묘하게 달랐다.

"너 이거 누구한테서 받았어?"
"가오 떨어지게 왜 받아. 내가 샀어."
"그러니까 누구한테서?"
"형들한테. 흐흐흐."

"이런 거 들키면 큰일 나!"

준수는 여름의 눈동자가 위태롭게 흔들리는 모습이 좋았다. 자신이 사랑하고 예뻐하던 불안한 여자아이다웠다. 그 눈동자 속의 혼란을 만든 게 본인이라는 사실이 너무나 기뻐서 히죽임을 숨기지 못했다. 작업실 밖에서 겁 없이 흰 막대를 내밀 정도로 어리석은 소년은 당장의 정복감에 도취됐다.

"우리는 이런 거 못 하면 더 큰일 나."

준수는 손에 쥔 배덕한 물건을 자유자재로 다루어야만 형들처럼 멋있어진다고 믿었기에, 잘못을 저지르고 있다는 자각조차 하지 못했다.

여름은 당혹감에 입을 다물었다. 연호가 그런 여름의 뒤통수를 자상히 어루만지며 너같이 여린 아이는 배우지 말라 타일렀지만, 셋 중에 둘이 피우고 있는 상황에 혼자만 안 피우고 버티자니 눈치가 보였다. 홀로 고상한 척을 했다가는 그들과의 관계에서 소외될지도 모른다는 두려움이 지렁이가 돼 불안함 사이를 기었다. 고백을 거절한 탓에 최근 들어 가뜩이나 준수와 어색해진 상태인데 이것까지 거절했다가는 더욱 껄끄러워질 거란 걱정이 가슴 언저리를 쿡쿡 쑤셨다.

"여름아. 이거 누가 가르쳐 줬는지 알아?"
"모르지. 나는…."

수빈이가 되고 싶어

"지금 네 옆에 있는 백연호. 쟤 사실 진짜 나쁜 애다?"

연호는 여름이 보는 앞에서만큼은 준수의 도발을 참아 주고 싶지 않아 그의 어깨를 팍 밀쳤다. 심한 욕을 하려다가 여름의 가늘게 떨리는 손끝이 눈에 들어와 내려가서 보자며 겨우 입술을 다물었다.

그러거나 말거나 준수는 야비한 얼굴로 여름의 오른쪽 뺨에다 연기를 뿜었다. 고백을 거절당한 순간 자존심은 이미 상해 버렸으니 여름과 연호의 관계 정도는 망쳐야만 직성이 풀릴 것 같았다. 나이와 상관없이 악의만큼은 완성된 작은 어른이었다.

준수는 연호의 분노를 보란 듯이 무시하고 여름에게 다시 손을 내밀었다. 아직 주인의 입술을 만나지 못한 한 개비가 남아 있었다.

"여름아, 나도 하고 연호도 하잖아. 너 이런 거 못 하면 우리랑 친구 못 한다니까?"

"아니야. 여름이 넌 그냥 들어가 있어. 난 이 자식이랑 대화 좀 하고 갈게."

"에이, 여름이도 하고 싶어 하는 눈치인데 뭘. 나한테 가르쳐 준 것처럼 얘한테도 가르쳐 줘. 왜? 썸녀한테는 착해 보이고 싶냐?"

"미친 새끼가."

"여름아. 우리 없으면 너 친구 없잖아. 응?"

이놈이 미쳤니, 네놈이 미쳤니 하며 두 명은 지저분하게 엉겨 붙었다. 그 와중에 준수는 뚝심 있게도 흰 막대를 내민 손을 거두지 않았다.

'정말로 이런 걸 하지 않으면 친구가 될 수 없나? 둘 다 하는데 나만 안 하는 건 유난일까? 주변에 아무도 없긴 한데.'

여름은 눈앞의 물건이 무엇인지 몰라서 고민하는 게 아니었다. 무엇인지 명확하게 알고 있기에 고민했다. 조각보처럼 연결된 의문 위를 기던 지렁이가 상념을 갉아먹고 주인을 무지함 속으로 밀어 넣으려 했다.

"너무 어른스럽게 굴지 마. 재미없어."

잘못된 일을 권하면서도 잘못됐다는 자각이 없으니 준수는 여유를 잃지 않았다. 여름이 마주하는 사람들은 여름에게 어른이 될 것을 강요하는 동시에 아이처럼 굴라 요구했다. 수많은 눈과 수많은 혀. 그 위로 제멋대로 뿜어져 나오는 모순이 여름의 목을 휘감았다.

연기로 성공하고 싶지만 일인자가 되지 못하는 고통은 빨강.

신인인 겨울에게도 위협받는 현실은 보라.

어른에게도, 또래에게도 받아들여지지 않는 우울은 파랑.

수빈이가 되고 싶어

하나의 색으로 머무르질 못했다. 많은 마음이 겹쳐 끝내 아무런 마음으로도 정의되지 않으니 앞으로 나아갈수록 여름은 투명하게 지워졌다. 아역 배우의 곁을 지켜 주는 친구란 이리도 갖기 어려운 존재인 걸까. 큰마음을 먹고 새 옷을 사면 너 정말 예쁘다, 아니다, 네가 더 예쁘다 하며 화기애애한 칭찬을 나눌 실없는 아이면 충분했다. 여자들의 놀이는 쓸모없고 유치할 뿐이라 무시하는 와중에도 속으로는 그 무리에 끼지 못하는 현실을 괴로워했다. 의지할 사람이 없는 여름은 집을 상실한 달팽이와 다름이 없어서 타인의 말 한마디 한마디에 여린 살점을 찔렸다.

그러니 눈앞의 불온한 짝들마저 상실하고 싶지는 않았다. 아무리 나쁘다 해도 여름에게는 꼭 가져야 하는 존재였다.

결국 한 개비를 손에 쥐었다.

"불붙여 줄게."

우정의 상징이 여름의 입과 맞닿으려던 찰나였다.

"쟤 이여름 아니야?"

맞은편에서 겨울과 여자아이들 대여섯 명이 우르르 나타났다. 연호와 준수는 시선을 눈치채고 얼른 등을 돌려 얼굴을 숨겼다. 처음이 아니었기에 임기응변에 능숙한 둘이었다. 한 무더기의 시선 속에 여름의 위아래를 티 나게 훑는 눈이 있었다. 대처에 능숙하지 못했던 여름은 손에 쥔 것을 놓지도 못한 채 굳어 버렸다.

겨울은 말없이 양옆의 친구들과 팔짱을 끼고선 여름을 바라봤고 무리 끝에 서 있던 지수가 먼저 아는 체를 했다.

"우리 찜질방 놀러 가는 길인데 여름이 넌 여기서 뭐 해?"
"나도 친구들이랑 놀고 있었어."
"가로등도 없는데 여기서? 손에 그건 뭐야?"
"이, 이거는….."
"너 담배 피워?"
"아, 아니, 이거 담배 아니고….."
"담배 아니라고?"
"어, 그, 담배야! 담배 맞는데, 절대 다른 거 아니긴 한데, 피우진 않았고, 그….."

여름은 들고 있던 걸 얼른 바닥에 던져 밟아 버렸다. 연호에게 도움을 청했으나 그와 준수는 혹시라도 얼굴이 보일까 봐 후드를 뒤집어쓰곤 절대 뒤를 돌아보지 않았으며 들고 있던 것도 이미 신발 밑창으로 짓밟아 감췄다.

겨울은 뒷모습만 보고도 연호의 존재를 알아차렸지만 아는 체하지는 않았다. 쟤네들 보기보다 급이 떨어지는구나, 속으로 그들에게 매겨 둔 별점을 하

수빈이가 되고 싶어

나 깎았다. 겨울은 살이 닿아 있는 여자아이들의 체온을 고스란히 느끼며 더 단단하게 팔짱을 꼈다.

"다행이다. 난 너희랑 친구라서."

정다운 웃음소리와 함께 한 무리의 아이들이 여름의 시야에서 사라졌다. 여름은 멋대로 널을 뛰는 마음을 붙잡지 않는 대신 바닥에 떨어진 하얀 막대 위로 발길질을 했다.

힘껏 지르밟아도 심장의 불씨가 꺼지지 않았다.

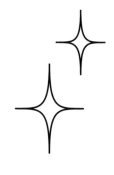

겨울의 인터뷰

Q: 학창 시절에 교우 관계가 굉장히 좋으셨던 길로 유명해요. 비결이 있나요?

A: 상대방의 말에 공감하려고 노력하는 편이에요. (웃음) 제가 완전 F거든요.

Q: 음, 민감한 질문을 드려도 될까요?

A: 《K 매거진》이잖아요. 각오 됐어요.

Q: 예쁜 외모와 달리 학창 시절 시녀로 살았다는 후문이 있어요. 인스타에 올려 뒀던 친구들 사진은 성인이 된 후에 전부 지우셨고요. 과거가 부끄러운가요?

A: (당황) 아뇨. 인스타는 매니저님이 관리하셔서 그래요.

Q: 겨울 씨는 어디를 가나 돋보이는 비주얼을 갖고 계신데, 시녀였다는 소문이 의아해요. (게슴츠레한 눈초리) 질투에 눈먼 안티팬이 퍼트린 악성 루머겠지요?

A: 하하하…. 인간관계에서 갑이었던 적이 없긴 해요….

찜질방에 도착한 겨울은 잠시 머뭇거리다 용기를 내 탈의했다. 유명하진 않아도 나름 신예 루키라고 얼굴이 알려진 연예인인데 허름한 장소에서 맨살을 드러내는 일은 부담스러웠다. 매니저와 부모가 알면 노발대발하여 반대하리란 걸 모르지 않았기에 그들에겐 찜질방에 간다는 말 자체를 하지 않았다.

그러나 후미진 골목에서 여름을 목격한 순간, 겨울은 확신했다. 역시 오늘 친구들을 따라온 건 잘한 선택이었다고. 친구가 없어 남자아이들에게 매달리는 여름에게 우정이 돈독한 자신의 무리를 과시했다는 것만으로도 한 방 먹인 기분이었다. 교내 오디션에서 망신을 당했을 때 느꼈던 감정이 싹 가시는 듯 속이 시원했다. 치욕은 순간이지만 복수는 영원한 법이니 짜릿할 수밖에.

"겨울아. 너 팩 가져왔어?"
"응."

수빈이가 되고 싶어

"혹시 나도 하나 줄 수 있을까?"

"당연하지. 많이 챙겨 왔어."

가방에서 고급 마스크 팩을 꺼내자 친구들이 귀엽게 환호하며 겨울을 빙 둘러싸고는 하나씩 받아 갔다. 냉장고에 쟁여 둔 팩이 몽땅 사라진 걸 보면 엄마가 잔소리를 하겠지만, 아깝지 않았다.

"수미야. 네 건 따로 챙겨 왔어."

"안 그래도 되는데."

"이게 여드름에 진짜 좋아."

"고마워."

온전한 선의로 챙긴 건 아니었다. 다른 친구들에게 나눠 준 것보다 좀 더 비싼 제품을 수미에게 준 데에는 이기적인 속내가 작용했다.

웹 드라마 주연으로 발탁됐던 오디션장에서 겨울은 수미와 함께 있었다. 수미는 갈아입을 옷 때문에 짐이 많다는 이유로 겨울에게 시중을 부탁했는데, 겨울은 무수리가 되기에는 지나치게 예뻤다. 그 덕에 덜컥 캐스팅됐다. 친언니가 소울이라는 점도 오디션 담당자 입장에서는 큰 장점이었다. 반면 수미는 하필이면 PMS로 얼굴에 뾰루지가 잔뜩 올라온 상태였기에 밤낮이이 연습을 했음에도 불구하고 심사 위원의 시선을 5초 이상 받지 못했다. 시대의 흐름과 달리 이 땅에는 여전히 외모로 시작해 외모로 끝나는 세계가 있었고, 그런 곳에선 인간적인 자비를 기대하기 어려웠다.

　겨울은 한동안 수미와 사이가 좋지 않았다. 친구들과 다 같이 점심을 먹을 때 수미는 티가 날 정도로 데면데면하게 겨울을 대했다. 웹 드라마로 데뷔를 한 후에도, 무리의 리더인 수미에게 미움을 샀다는 점 때문에 겨울은 무척 불안해했다. 자신이 수미보다 예쁘고 집안 환경도 훨씬 좋다는 걸 자각하고 있었지만, 언니로부터 비롯된 열등감 탓에 항상 주변 사람들이 자신을 쓸모없는 사람으로 취급하여 떠나지는 않을까 걱정했다. 그것은 역사가 길어 천성같이 느껴지는 관성이었다.

　수미는 그 불안이 없는 아이였다. 친구들을 휘어잡는 카리스마가 있었고 외향적이었다. 그런 수미와 척을 졌다가는 겨울이 연예인으로 성공하든 그렇지 않든 무리에서 도태될 게 분명했다. 사랑과 사람을 얻기 위해 연기를 시작했으니, 겨울에겐 가진 것을 잃지 않는 것이 후에 얻을 명예나 성공보다 더 중요했다. 달리 말하면 겨울은 곁에 둔 것을 상실하지 않는 일에 집착했다. 그렇기에 캐스팅이 불러온 기쁨과 걱정을 양쪽 뺨 옆에 공평히 붙여 둔 밤이 많았다.

　"겨울아. 넌 피부가 왜 이렇게 좋아? 부럽다."
　"너희도 다 좋아."
　"뭐래. 연예인은 다르구만. 완전 괴리감 느껴져."

수빈이가 되고 싶어

"에이! 아니야."

겨울은 지겨운 대화에도 최선을 다해서 호응했다. 사실 겨울의 주된 관심사는 공포 만화, 공포 영화, 괴담 읽기였지만 친구들과 섞이기 위해서 늘 자신을 반짝이고 아기자기하면서 동시에 털털한 아이로 둔갑시켰다. 겨울은 지수와 대화를 나누는 도중 이따금씩 지난주에 본 고어 영화를 떠올렸다. 그러면 재미없는 대화를 하면서도 재미있는 척 웃을 수 있었다.

상상으로 도피해 봤자 잠깐일 뿐, 수미의 눈치를 보는 순간이면 슬프게도 마음이 불편한 현실로 추락했다. 수미는 단 한 번도 겨울에게 네가 캐스팅된 게 싫다거나 화가 난다는 폭언을 하지 않았다. 겨울은 그 침묵이 폭언보다 더 두려웠다.

감정에 솔직한 수미가 더 이상 진솔한 얘기조차 하지 않는 친구로 변해 자신과 멀어지면 어쩌나 하는 마음. 겨울의 일상은 전전긍긍 혹은 노심초사 따위의 단어들로 쉽게 정리할 수 있었다.

"수미야! 내가 양 머리 만들어 줄게."

겨울은 수미와 함께 있을 때면 조급함을 감추지 못하고 늘 앞서갔다. 유튜브에서 본 대로 수건을 둘둘 감아 수미의 머리에 씌웠다. 그런 수미를 귀여워하는 분위기를 만들어 아이들이 자연스럽게 수미를 칭찬하도록 이끌었다. 수미는 기분이 좋아 보였다.

자수정 방에서, 동굴 방에서, 숯가마 방에서. 겨울은 행동의 중심을 계속 타인에게 두었다. 다른 아이들과 잘 어울리는 척했지만 뾰족 선 털끝은 오직 수미를 향했다. 그건 준수가 건넨 흰 막대를 감아쥐던 여름의 마음과 별반 다름이 없었다.

"갈증 나지 않아? 나만 그런가."

"달달한 걸 마시고 싶어."

"여기 식혜가 좀 비싸기는 한데…. 너넨 어때?"

"먹고 싶다아."

수미가 친구들과 이야기를 나누며 겨울을 힐끔 쳐다보았다. 그 시선을 읽는 순간, 겨울은 양가감정을 느꼈다. 기회를 주는 수미가 고마웠고 동시에 증오스러웠다.

"내가 사 줄게."

"안 그래도 되는데."

"아냐. 나도 목이 말라서."

혼자 일어서 스낵 코너로 향하는 겨울을 아이들이 물끄러미 바라보았다. 고맙다는 말은 먹거리를 품 안 가득히 사 오고 난 후에야 들을 수 있었다.

동그란 계란을 이마로 탁탁 쳐 대며 겨울은 감정 저울을 조절했다. 짜증이 아래로 가라앉게끔. 지금의 즐거움만 가벼이 떠오르게끔. 간식을 맛있게 먹

수빈이가 되고 싶어

는 수미의 얼굴 뒤에 감춰진 교활함을 모른 척하려고 노력했다. 눈치가 빠른 아이들은 행복과 쉽게 멀어지기 마련이라는 걸 알았지만 겨울은 마음 편히 멍청해지지도 못했다.

수미가 식혜를 꿀떡꿀떡 넘기며 물었다.

"여름이랑 같이 있던 애 혹시 백연호 아니야?"

겨울은 괜히 나서고 싶지 않아 시치미를 뗐다.

"난 못 봤어."

"걔는 톱이랑만 노나 봐? 겨울이 넌 어때? 요즘에도 고백을 많이 받아?"

수미가 주는 두 번째 시련이었다. 겨울은 어떤 말이 자신에게 가장 안전한지를 이미 알고 있었다.

"난 남자애들한테 관심 없어."

그제야 수미가 밝게 웃어 주었다. 겨울이는 역시 털털하다며.

겨울은 동성 친구들을 잃지 않기 위해 꽤 많은 것을 묵과하며 살았다. 살면서 마주치는 눅눅한 악의를 바삭한 척 즐거이 씹어 삼켰다. 시기, 견제, 질투, 기 싸움. 그 지겨운 전장에서 자발적으로 패배하지 않으면 여름 꼴이 될 수밖에 없었다. 겨울은 무리의 안과 밖을 구분하는 선 위에 서는 일을 괴로워했다. 그래서 어른들이 말하는 '여자의 적은 여자'라는 말을 최선을 다해 부정했지만, 아주 가끔씩, 그 말의 의미를 현실에서 마주할 때가 생기곤 했다. 겨울은 그런 순간이 치가 떨리게 싫었다. 마냥 좋기만 했던 친구들이 왜 시간이 지나면 치사한 사람들이 되는지 알 수 없어 속상했다.

친구들을 무한정 좋아하고만 싶었다.

재고 따질 것 없이.

하지만 겨울이 선택한 친구들은 겨울의 마음을 받아 주기엔 미숙했다. 연호와 준수가 여름의 뜻 안에 살지 않듯 겨울의 사람들도 겨울이 바라는 대로 움직여 주진 않았다. 순한 양들만 모여 있어도 그 안에서 서열이 생기듯 겨울의 세계가 약육강식의 정글로 바뀌는 건 누구의 잘못도 아니었다.

수미는 무리 안에서 발톱을 세우지 않으려는 겨울을 확인하고 안도했다. 그늘 속에 있는 겨울은 결코 갑이 되지 못했다. 을, 그보다 못한 병, 혹은 정. 수미가 미는 대로 어디까지든 밀려 주는 아이였다. 그 유약함이 상대의 계급 의식을 더 자극한다는 힘의 논리를 겨울은 아직 몰랐다. 그래서 수미에게 요플레 팩을 해 주고, 수미의 때를 밀어 주면서도 즐거운 척 웃었다. 수미는 그렇게나마 과거에 오디션으로 다쳤던 마음을 보상받았다.

겨울이 조건 없이 친구들을 선량하게 포장하려

수빈이가 되고 싶어

해도 친구들이 가진 어떠한 마음들은 절대 사라지지 않았다. 그 점을 잘 아는 겨울은 귀가한 후 이를 악물고 SNS에 인증 사진을 올렸다.

난 이렇게 너희를 좋아해요, 이렇게 착해요, 이만큼 인간관계가 좋아요.

문득 엄지에 닿은 사진 속 얼굴이 넙데데해 보였다. 역변의 아이콘 한겨울, 살찐 것 좀 봐! 왱왱거리는 환청이 내면의 경계를 허물고 뾰족한 성을 쌓아 올렸다. 그 꼭대기에 대롱대롱 매달려 아래를 내려다보았는데, 오늘 먹은 음식들이 보였다. 식혜, 구운 계란, 닭강정. 성벽을 타고 음식물로 만들어진 원숭이 떼가 올라왔다.

"읍, 우웨엑!"

헛구역질을 하며 책상 서랍 속에 감춰 놓았던 알약 두 개를 잡아 쥐었다. 그것들을 손 위에 올려 두고 또 한 번의 비밀을 만드는 일에 필요한 용기를 헤아렸다. 사람들은 입을 모아 건강하게 말라야 한다고 했지만 정작 평가하는 것은 겉으로 보이는 마름이었다. 건강한 마름이란 타고나지 않은 이상 성립하기 어려운 환상이었다. 표준 이하의 몸무게에 다다르려고 살과 마음을 덜어 내 '의도적'으로 육신을 납작하게 저미는 일이 건강과 연결될 리가 없었다. 하지만 그 웃기는 대중의 지적에 겨울은 순종하여, 가장 건강하지 못한 방법으로 건강한 마름을 추구했다. 일단 마르고 난 뒤에 밥을 잘 챙겨 먹고 있노라 거짓을 덧붙여 우매한 사람들을 속이면 그만이었다.

"야, 한겨울! 너 또?"

거실에 있던 소울이 구역질 소리를 듣고선 재빨리 겨울의 방문을 열어젖혔다. 겨울이 쥐고 있는 건 소울이 과거 배우 활동을 하던 시절에 매니저 몰래 복용했던 것으로, 영혼을 좀먹는 물체였다.

"너 그러다 내 꼴 난다."

소울은 자신을 망가뜨려 은퇴하게 만든 문제를 동생이 답습하지 않도록 해야 했다. 겨울의 손 위에 올라타 먹어 보라고 유혹하는 흰 나비들을 잡아 쓰레기통에 던져 버렸다.

"괴로워지면 그때는 늦어."

소울이 나간 뒤 겨울은 헐레벌떡 쓰레기통을 뒤져 물체를 다시 쥐었다. 먼지를 탈탈 털고 하얀 벌레를 입으로 품으려 하니 속에서 역류한 위산이 치아 교정 유지 장치에 닿을 것만 같았다.

'아픈 것과 나쁜 것은 같은 말일까.'

겨울은 타인을 죽도록 증오하고, 관계를 자발적으로 끊어 버리고, 그런 일들을 후회하지도 않을 스스로를 상상해 보았다. 그러면 뒤에 줄을 선 어른들

수빈이가 되고 싶어

이 발바닥에 딱 붙은 그림자가 되어 너는 나쁜 아이, 되바라진 아이, 사랑받을 자격이 없는 아이라며 비난하는 모습이 함께 그려졌다. 여름을 미워하지 않을 수가 있을까. 마음의 모양이 달라 묘하게 불편한 친구들을 원망하지 않을 수가 있을까.

미워하면 어떻게 되는 걸까. 마음이 자꾸만 아파 오는 이유는 이 감정이 나쁜 것이라 그런 걸까.

겨울은 끝내 물체를 삼켰다.

그날 밤 연호는 여름을 집에 데려다주며 기분을 풀어 주려 했지만 쉽지 않았다.

"다 남사친 하나 없는 애들이라 질투하는 거야."
"그렇겠지."
"여자애들의 질투는 끔찍해. 알지?"
"알아…."

여름은 휴대폰을 만지작거렸다. 공연히 헛도는 손가락에게 할 일을 주기 위해 인스타그램에 접속했다. 피드에는 친구들의 찜질방 인증 사진이 가득했다. 겨울과 수미, 그리고 여러 명의 아이들이 다 같이 양 머리를 한 채 익살스러운 포즈를 취했다.

스토리가 올라와 환한 그라데이션 링으로 둘러싸인 계정들 틈에서 여름의 계정만 어둑했다. 이에 질세라 얼른 준수네 작업실에서 찍은 사진을 올려 보란 듯이 계정 테두리를 밝히고 싶었으나 의욕이 나지 않아 관두었다.

- 식혜 원샷 영상은 친친 공개로 올림. 개웃김!

같은 반 아이의 마지막 스토리 사진에 적힌 글이었다. '친한 친구'로 분류된 사람에게만 보이는 영상이 여름에게는 보이지 않았다. 사진과 텍스트로 시끄러운 앱 속에서도 여름은 혼자였다.

곁에 남은 사람이라곤 달랑 백연호 하나. 이 남자아이가 아무리 멋지고 잘나가는 녀석이라 해도 마음에 생긴 공백을 메워 주진 못한다. 사랑과 우정은 분명 형제자매처럼 닮았지만 한 몸은 아니니까.

"여름이 울어?"
"안 울어. 내가 왜 울어."
"거기 찜질방 존나 낡아서 갔다 오면 피부병 걸릴걸. 신경 쓰지 마."

여름이 가로등 밑에 멈춰 서서 점액같이 찐득한 숨을 내쉬었다.

"나도 친구들이랑 놀러 다니고 싶어."
"맛있는 거나 먹고 갈래? 매니저 형 불러서 청담까지 태워 달라고 할까?"
"연호야."

눈물은 흐르지 않았지만 여름의 눈가에는 이미

수빈이가 되고 싶어

축축한 진심들이 맺혔다. 마음이 어지러웠고 곁에 있는 아이가 연호인지 밤거리의 귀신인지 구분되지 않았다.

"나도 친구들이랑 찜질방에 가고, 파자마 파티를 하고, 밤새 수다도 떨어 보고 싶어. 네가 나한테 그런 친구가 돼 줄 수 있을까?"

지금이야말로 연호가 준수와의 내기에서 이길 기회였다.

"당연하지. 내가 전부 해 줄게."

연호가 여름의 어깨 위에 손을 올렸다. 여름의 마음 바닥에선 어둑한 감정이 일렁였다.

"대신에 그러려면 우린 사귀어야 해."
"왜?"
"난 친구랑 그런 일들을 하지는 않거든. 그러니까 나랑 사귈래?"

마음속으로 다이빙한 마음이 첨벙이고 나서야 여름은 깨달았다. 곁에 선 귀신의 이름이 자신을 한순간도 떠난 적이 없었던 '외로움'이라는 것을.

여름은 고민 끝에 고백을 거절했다.

친구 하나가 또 사라졌다는 사실이 원통했다. 그보다 더 싫었던 것은 가장 가깝다고 믿었던 연호마저 결국 자신과 우정을 나누지 않았다는 사실이었다. 모든 행동이 성애적 접근이었을 뿐, 우정의 표현이 아니었다는 생각에 여름은 배신감을 느꼈다. 남자아이들의 마음 따위는 혼자란 사실에서 벗어나기 위해 얼마든지 이용할 수 있다고 믿었지만 현실은 마주할 때마다 좌절감을 주었다. 그날 겨울이 사이가 돈독한 무리와 함께 있었던 것과 비교하면 자신은 애석하게도 '혼자'가 맞았다.

그 후 연호는 여름에게 연락하지 않았다. 준수는 그런 연호에게 손가락질하기를 멈추지 않았고 연호는 휴대폰에 저장된, 가장 많이 연락을 주고받았던 열한 자리 숫자에 '여름이'라는 이름 대신 '재수 없는 년'이라는 명칭을 하사했다. 어떤 아이들의 사랑이란, 때로는 뺏고 뺏기는 승부 게임으로 쉽게 치환됐다.

여름은 학교에서도 한동안 남자아이들과 거리를 두고 혼자 지냈다. 원치 않았던 고백은 호감이라는 외피로 싸여 있었음에도 일상에 상처를 남겼고, 여름의 심장은 간헐적으로 울었다.

"요즘 이여름 좀 어둡지 않아?"
"모차르트 역할 땄다고 기세등등하더니 무슨 일이래."
"남자애들이랑 안 다니니까 점심을 늘 혼자 먹네. 저러다가 또 붙어서 놀겠지, 뭐."

남자아이들과 거리를 둔 대가로 여름은 고립됐

수빈이가 되고 싶어

다. 급식실에서 혼자 먹는 샐러드는 평소 먹던 것과 똑같은 풀때기인데도 유독 맛이 없었으며, 보는 눈이 워낙 많아 풀을 씹는 건지 시선을 씹는 건지 구분이 되지 않았다.

겨울의 곁에는 여전히 친구들이 많았다. 정규 교과 시간이 끝나면 겨울은 어머니의 차를 타고 귀가했다. 관계의 공백이 없는 겨울을 바라볼 때마다 여름은 대본을 떠올렸다.

수빈: (현우를 바라보며 굳세게) 난 너를 위해 몇 번이고 이겨 낼 수 있어. 쟁취하기 전까지 꺾이지 않아.

반복해서 외우고 또 외웠다. 타오르는 눈으로 종이 속 우주를 담았다. 토막 난 인간관계에서 오는 아픔을 해소할 방법이라곤 연기를 더 잘하는 것뿐이었다.

3차 오디션을 위해 연습을 하던 중 여름은 갑자기 참지 못하고 포털 사이트에 겨울의 이름을 검색했다. 〈라이벌 특집! 이여름 VS 한겨울〉. 제목마다 라이벌이라는 단어가 빠지지 않았다. 기사 속에서 둘은 마치 볼만한 스포츠 경기의 매치업 상대인 양 우위와 열위, 승자와 패자로 손쉽게 나뉘었고, 그 양자택일을 일삼는 사람들의 표현에는 독이 넘쳤다. 글이 자신을 무는지, 자신이 글을 무는지 분간이 되지 않는 와중에도 여름은 겨울을 생각했다.

계속, 계속, 겨울만 생각했다.

다시 대본을 바라봤다. 형광펜으로 그어 놓은 밑줄, 캐릭터 분석을 위해 적어 놓은 메모가 빼곡했고, 튄 침방울로 인한 얼룩도 군데군데 있었다. 대본은 미래를 꽃피울 유일한 화분이었다.

시간을 되돌려 연인의 생명을 지키고 끝내 사랑까지 얻어 내고야 마는 수빈. 작가가 처음부터 원 톱 야역 배우이자 완벽한 여자아이인 오수빈을 염두에 두고 만들었다는 캐릭터. 그 인생을 가져야 했다. 그래야만 머릿속에 박혀 있는 독침들을 다 뺄 수 있을 테니까.

하지만 대사를 아무리 외워도 수빈의 얼굴 위에 자신의 얼굴이 덧씌워지지 않았다. 수빈이처럼 팔다리를 휘적이며 밝게 웃어도 여름은 거울 안에서 수빈의 환영을 볼 수 없었다. 눈을 비빈 후 거울을 다시 들여다보면 자꾸만 다른 여자애가 보였다.

한겨울.

견디기가 힘들었다.

나무위키에서 겨울을 검색해 모든 항목을 정독했다. MBTI, 혈액형, 가족 관계, 패션 스타일. 사소한 것 하나하나 자신과 비교하고 좌절했다. 어째서 겨울은 자신이 갖지 못한 걸 다 가진 걸까. 겨울이 반아이들과 놀러 가기로 했다는 주말의 날씨를 검색했다. 그날 비가 왔으면, 천둥 번개가 쳤으면! 여름은 미쳐 버릴 것만 같았다. 인스타 비공개 계정으로 접속해 겨울의 첫 번째 게시물부터 최근 게시물까지 살펴보며 수년의 시간을 집착적으로 쫓았다. 겨울의 과거, 겨울의 언니, 겨울의 성격, 겨울의 필모, 겨울의 비율, 겨울의 이목구비…. 여름은 수십, 수백 명의 겨울을 곁에 두었다. 미워하는 마음이 올라올수록 그 아이의 바짓가랑이를 더 단단히 쥐었다. 음침하다는 걸 알면서도 멈추지를 못했다. 가슴속에서 타오르는 불길이 점점 더 거세졌다. 마음의 화평은 육체의 생명이라더니, 그렇다면 이 집착은 뼈가 썩는 고통이었다.[3]

사람들은 열심히 노력하는 여름을 칭찬해 주었지만 돌아서면 다른 아이를 사랑했다. 그때마다 여름은 사랑받지 못하는 껍데기를 벗고 대본 속의 새 인생으로 영혼을 갈아입었다. 새로운 캐릭터, 새로운 성격, 새로운 인생! 마법을 기다리기만 하는 신데렐라로 살고 싶지 않았다. 대본이 마법 지팡이가 돼 깨지지 않는 유리 구두를 만들기를. 발밑의 모든 것이 마차가 돼 자신을 소망대로 이끌기를. 여름에게 연기는 곧 변신이었다. 사람들이 사랑해 마지않는 역

3 《성경》 잠언 14장 30절 '마음의 화평은 육신의 생명이나 시기는 뼈의 썩음이니라'.

할을 드레스처럼 입고, 연극이 막을 내리면 그 옷 안에 있는 알맹이가 수빈이 아닌 타오르는 '여름'임을 온 세계에 보여 주고 싶었다.

"겨우 한겨울 주제에!"

그런데 왜 자꾸만 수빈이 아닌 겨울을 생각하게 되는 걸까.

질투를 비난하던 사람들의 말이 머릿속에서 멋대로 재생됐다. 이 감정은 품으면 구차한 마음. 어른들이 못된 여자아이라 손가락질하는 마음. 마음속의 톱니바퀴를 가장 거세게 돌리는 힘인데도 부정해야 하는 죄악. 학급 규칙을 1번부터 10번까지 모조리 어긴 최악의 학생이 된 기분이었다. 정작 이 마음이 왜 나쁜 것인지 말해 주는 사람은 한 명도 없었다.

여름은 신경질적으로 바닥에 대본을 집어 던지고 웅크렸다. 겨울보다 곱절은 더 잘난 수빈을 떠올릴 때는 이런 감정을 느끼지 않았다. 경력이 허접하고 실력도 형편없는 겨울을 생각하면서 이따위 감정을 느낀다는 게 납득되지 않았다. 상대를 하대하면서 품는 질투는 더욱 모질고 거칠었다. 깔보고 있는 대상에게 열등감을 느끼고 있다는 사실만으로도 자존심이 상해 살이 녹는 것 같았으니.

질투는 가까운 상대를 향할 때 더욱 끈질기고 강해진다는 걸 여름은 몰랐다. 같은 성별, 같은 나이,

같은 지역, 같은 꿈. 공통된 점이 많을수록 비교가 가능한 영역은 더욱 넓어졌다. 감정을 일으키는 상대가 손 닿는 거리에 있는 경우 동경은 쉽게 질투로 탈바꿈되기도 했다. 같은 세계에서 공존하는 아이를 멀리 있는 아이보다 더 가혹하게 미워하는 마음은, 지극히 인간적인 것이었다.

온갖 끈적한 감정들이 하나로 뭉쳐 결절이 됐으니 이제 뱉어 낼 수 없으리라. 목구멍에 탁, 걸려 숨통을 막겠지. 그 결절은 끊임없이 빛을 뿜으며 자신은 돌이 아니라 외치는 듯 존재감을 과시했다.

"내가 연기는 걔보다 잘한다고!"

그러니 사랑은 멀고, 증오는 가까웠다.

3차 오디션 당일. 제작사 대표는 먼저 하고 싶은 사람부터 자유롭게 들어오라 일러뒀다.

"나 화장실 좀."

겨울은 급한 용무가 있는 척 자리에서 일어났다. 꾀를 부려 여름이 먼저 오디션을 보게 만든 다음, 여름의 발성과 표현을 듣고 대비할 생각이었다. 비록 교내 경쟁에서는 패배했지만, 이번에는 다를지도 몰랐다. 조금이라도 유리한 위치를 선점하기 위해 화장실에서 하는 일 없이 시간을 죽인 후 대기실로 복귀했다.

여름 또한 먼저 시작하지 않고 버텼다.

"나 생리통이 심해. 그러니까 너 먼저 들어가."

겨울의 얄팍한 수는 여름에게 이미 간파당했다. 여름은 절대 겨울이 원하는 대로 움직여 주고 싶지 않았다. 보란 듯이 배를 움켜잡고 아파하는 시늉을 하며 먼저 오디션을 보라 손짓했다.

"아 참! 엄마 차에 뭘 두고 왔네. 여름이 네가 먼저 들어가."
"잠시 주차장 갔다고 전해 줄게. 다녀와서 먼저 해."

겨울도 바보가 아니었다. 배를 움켜잡았을 뿐 평정을 잘 유지하고 있는 얼굴만 봐도 여름은 건강이 흘러넘치는 상태였다. 둘은 못마땅한 눈으로 서로를 흘겼다.

"야, 이여름. 네가 먼저 하라니까?"
"왜 내가 먼저 해야 하는데? 너부터 들어가."
"너 얼마 전에도 생리통 핑계 댔었어."
"너랑 무슨 상관인데?"
"짜증 나게 하지 말고 먼저 해."
"싫어."

오디션 순서가 결과에 지대한 영향을 미치지는 않았다. 설령 앞사람의 연기를 뒷사람이 참고하더라도, 앞사람이 기막히게 잘해 버리면 그만이었다. 그런데도 둘은 절대 양보하지 않았다. 더 이상 순번의

수빈이가 되고 싶어

문제가 아니었다. 여름과 겨울은 이 기 싸움에 자존심을 베팅했다. 이긴 쪽이 상대의 몫까지 더블로 챙겨 갈 승자 독식 경쟁이었다.

"아무도 안 와?"

제작사 대표가 못마땅한 얼굴로 대기실 문을 열었다. 둘은 각자의 핑계를 대며 순서를 미뤘다.

"너희 절대 친구는 못 되겠다야."

대표는 머리를 쓰는 둘이 똑같이 밉기도 하고 한편으로는 똑같이 귀엽기도 했다. 어차피 그에게는 여름이나 겨울이나 고만고만한 아이들이었기에 누가 먼저 들어오건 상관이 없었다. 그는 공평하게 사다리 타기를 제안했다. 결과는 이번에도 여름이 먼저였다.

어쩔 수 없이 여름은 먼저 입장하여 혼신의 연기를 펼쳤다. 제한 시간은 1인당 3분으로 짧았지만, 갈고닦은 실력을 보여 주기엔 충분했다. 문밖으로 새어 나오는 여름의 선공을 엿들으며 겨울은 발성을 체크하고, 용모를 다듬었다.

관계자들은 타성에 젖은 눈빛으로 볼펜을 빙빙 돌리며 여름의 연기를 감상했는데 평가 내용은 심드렁했던 태도와 사뭇 달랐다.

"오수빈을 잡아먹었네."

이것은 여름의 연기가 끝난 뒤 감독이 한 코멘트였다. 그는 손뼉을 쳐 주었고 관계자들 또한 얕게 고개를 끄덕였다. 경쟁 게임에서 선발 주자가 후한 점수를 받자 후발 주자의 긴장은 더욱 커졌다.

"여전히 아쉬워."

그리고 이것은 겨울의 연기가 끝난 뒤 감독이 한 코멘트였다. 그는 손뼉을 쳐 주지 않았다.

마지막 선발 과정이라던 3차 오디션은 끝내 여름의 암묵적 승리로 막을 내렸다. 여름은 겨울의 이마부터 발목까지 티가 나게 훑고선 대기실을 나섰다. 며칠 전 골목에서의 치욕을 갚아 줬다는 생각에 어깨가 치솟았다. 이것이 여름이 할 수 있는 최고의 복수였다.

겨울의 눈동자가 태풍 속의 나뭇잎처럼 흔들렸다. 아무리 애를 써도 저 얄미운 여자애를 따라잡을 수 없었다. 경쟁을 3차까지 질질 끌었다는 것만이 유일한 업적이었다. 노력의 뒤에는 때때로 비참한 패배가 숨어 있으니, 최선을 다했다는 사실이 겨울을 더 분하게 만들었다. 눈물이 쏟아지려는 걸 주먹을 꽉 쥐어 간신히 참았다.

문득 고개를 돌려 바라본 곳에 여름이 깜빡 잊었는지 두고 간 대본이 있었는데, 메모가 빼곡했다. 겨울은 가까이 다가가 여름이 적은 내용을 살폈다.

수빈이가 되고 싶어

'이 캐릭터는 왜 이 부분에서 화를 냈을까? 여기에서 왜 이 단어를 사용했지? 앉는 것보다 서서 표현하는 게 좋지 않을까? 왜 이 장면에선…'

겨울은 자신의 대본을 가져와 똑같은 페이지를 펼쳤다. 소울에게 코칭을 받은 덕에 겨울의 대본에도 필기는 빼곡했다.

'이 부분은 크게 발성하는 게 좋다고 함. 옆모습을 많이 보여 주는 게 예쁘대. 여기서도 언니가 시키는 대로 하면…'

똑같은 대본에 똑같이 공을 들인 줄로만 알았는데 아니었다. 신이 불공평하여 특정한 아이의 손만 들어 준다, 따위의 원망으로는 감추지 못할 명백한 차이가 존재했다.

노력하는 자는 천재를 가끔 이겼지만 노력하는 천재라면 이길 방법이 없었다. 심지어 '스스로' 노력할 줄 아는 천재라면 더더욱.

겨울은 오늘 청담동 디자이너에게 메이크업과 헤어 스타일링을 받았다. 엄마가 지불한 액수가 얼마나 큰지 모르지 않았다. 반면 여름의 눈썹은 삐뚤빼뚤했다. 그나마도 직접 그린 게 분명했다. 겨울은 본인이 가진 것 중 가장 후하게 평가받는 요소를 최상의 단계까지 끌어올렸음에도 완패했다. 가방에 넣어 온 약들을 꺼냈다. 그걸 전부 먹고, 인스타 피드에서 가장 예쁜 아이가 된다 해도 상대를 이길 수는 없으리라.

　이유는 간단했다. 대본의 세계가 요구하는 아름다움이란 눈과 코, 입과 턱의 모양에만 머물 정도로 얄팍하지 않았다. 성공이란 녀석은 언제나 보다 다층적이고 집요한 과정을 요구했다. 예쁜 캐릭터가 아니라 캐릭터 그 자체가 되는 것. 손 위의 알약들이 절대 만들어 주지 못할 궁극적인 미였다.

　넋이 나간 채로 앉아 있는 겨울에게 메시지 한 통이 도착했다. 연호였다.

수빈이가 되고 싶어

여름의 인터뷰

Q: 여름 씨 연기의 원동력은 무엇인가요?

A: 팬들의 사랑이요.

Q: (웃음) 저희 매거진의 콘셉트와 어울리지 않는 답이에요.

A: 아무래도 그렇죠? 하지만 그것만큼은 솔직하게 말할 수 없어요.

Q: 왜죠?

A: 진심이야말로 이 업계에서 가장 쉽게 왜곡되는 것이니까요.

Q: 의미심장한 말이네요. (잠깐의 뜸) 그렇다면 이 건 어때요. 평소 친분이 두터웠던 백연호 씨가 겨울 씨와도 교류했다는 사실을 들었을 때 아무렇지 않았나요?

A: 그 덕에 나락 갔잖아요? (입을 가림) 아! 너무 솔직했다.

5. 마음만은 둘의 것

겨울은 연호와 마주 보고 앉아 있는 상황이 불편했다. 여름과 가까운 사이란 걸 알고 있기도 했고, 그가 〈A 프로젝트〉에서 파트너를 맡을 아역 배우로 여름을 추천했다는 소문을 이미 듣기도 했다. 적의 동지라면 연호도 적. 무슨 이야기를 할지 긴장됐다.

또한 남자아이와 단둘이 시간을 보내는 모습으로 행여나 오해를 살까 봐 염려스러웠다. 저급한 루머일수록 달리기를 잘한다는 걸 이미 겪은 적이 있었으니.

겨울은 혹시 몰라 휴대폰 녹음 앱을 실행했다.

"부른 이유 빨리 말해. 누가 사진이라도 찍으면 어떡해?"
"괜찮아. 소속사 형들이 자주 오는 카페라서 사장님이 사생들 귀신같이 커트하셔."

수빈이가 되고 싶어

걱정한 바와 달리 연호는 겨울에게 날을 세우지 않았다. 겨울은 연호가 사 준 프라푸치노의 크림을 먹으려고 손을 내밀었다가 이내 거뒀다.

연호 또한 알고 있었다. 적의 동지는 적. 그렇다면 적의 라이벌은? 연호는 새로운 아군을 포섭할 방법을 구상해 두었다.

"너 〈A 프로젝트〉 역할 따고 싶지?"

"당연하지."

"사실은 내가 이여름 나락 보낼 방법을 알아."

겨울이 놀란 토끼 눈을 하고 연호를 바라보았다. 여름을 나락으로 보낸다니. 그 말은 겨울이 할 말이지 연호가 할 말은 아니었다. 둘은 친한 관계가 아니었던가. 겨울은 영문을 몰라 대답 없이 옆머리만 만지작거렸다.

고백을 거절당한 뒤 연호의 마음에 내리던 여름날 소나기는 속절없이 멎어 버렸고, 마른 바닥이 쩍쩍 갈라지는 가뭄이 시작됐다. 자기 자신이 가장 소중한 소년에게 타인의 거절은 상처가 됐으며 그 상처의 틈 사이로 어떻게든 되갚아 줘야 한다는 증오가 움텄다. 준수와 내기를 건 상황에서, 심지어 자신보다 급도 낮은 아이에게 거절당하다니. 연호는 거절을 거절로 받아들이지 못하고 모욕으로 왜곡했다. 마음 같아서는 비공개 계정으로 여름의 계정에 폭언 댓글을 달고 싶었으나 제 손으로 토독토

독 타이핑하는 꼴이 구질구질할 것 같아 관뒀다. 그마저도 자존심 때문이었다.

"솔직히 수빈이 역에는 네가 어울린다고 생각했어. 네가 좀 더… 예쁘잖아."

연호가 생각하기에, 여름의 적인 겨울은 이제 자신과 한편이나 다름없었다. 겨울을 잘 구워삶는다면 자기 손을 더럽히지 않고도 여름의 평판을 뚝 떨어뜨리는 일이 가능하리라 생각했다. 연호에게 여자아이들이란 알량한 질투에 눈이 멀어 늘 어리석은 선택만 하는 존재들이었다. 그 마음만 자극하면 곁에 묶어 둘 수도, 바닥으로 추락시킬 수도 있다고 믿었다.

세 번만 예쁘다고 말해 주면 무슨 소원이든 한 번은 들어주는 바보들. 연호에게는 눈앞의 겨울도 그렇게 보였다.

"여름이가 나한테 네 욕 정말 많이 했어. 친하니까 들어 주긴 했는데 내심 널 응원하게 되더라. 같이 연기해 보고 싶기도 했고… 너 예뻐서."

연호는 쑥스러운 척 고개를 숙이며 목덜미를 쓰다듬었다. 코를 큼큼대며 제법 순수한 소년을 연기했다. 겉모습으로 상대를 속이는 기망은 연호가 할 수 있는 일 중 가장 자신 있는 일이었다.

겨울은 연호의 말이 의심스러웠으나 한편으론

수빈이가 되고 싶어

통쾌했다. 여름이 의지하던 친구라는 녀석이 이렇게 눈앞에서 자기에게 외모 칭찬이나 해 주는 얼빠진 아이라는 게 우스웠다. 인간관계는 투피스와 같아서, 평판도 늘 한 세트를 이뤘다. 연호가 허접해 보일수록 그의 친구였던 여름의 가치도 하찮아졌다. 연기로는 자신을 이겼을지 몰라도 결국 이토록 초라한 아이였다.

겨울은 티가 나게 피식거렸고 연호는 그 마음을 읽었다.

"여름이 담배 말고 다른 것도 피우는데."
"응? 진짜로?"
"걔가 좀 그래."

그날 골목에서 겨울의 무리가 여름과 조우했을 때, 연호와 준수는 얼굴을 들키지 않기 위해 등을 돌렸었다. 연호가 마지막으로 본 것은, 여름이 준수가 건넨 한 개비에 불을 붙인 뒤 입에 물기 직전의 모습이었다. 그들이 있던 막다른 골목은 CCTV의 사각지대라 목격자와 입을 맞춘다면 그날 여름만 부정한 일을 저질렀고, 자신과 준수는 계속 작업실 내부에만 머물러서 처음부터 그 골목에 없었다고 모르쇠로 일관할 수 있었다. 준수가 아무리 자신을 적대시한다 해도, 이 바닥에서 살아남기를 원하는 이상 여자아이 대신 같은 남자아이와 한 팀이 돼줄 게 확실했다.

"며칠 전에 이여름이 담배랑 비슷한 뭔가를 들고 있던 걸 봤어."

"그래? 분명 피웠을 거야! 그럼 겨울이 네가 증인 이네. 그거 담배 아니고 더 나쁜 거야. 확실해! 기 자님한테 찔러 주면 이여름 금방 나락 갈 걸?"

겨울은 깜짝 놀랐다. 그날 여름이 들고 있던 것 이 담배라고 해도 놀랄 일인데 담배가 아니라 더 심 각한 물건이라니. 자신이 알고 있는 여름이라면, 그 런 일조차도 남자아이들과 어울리기 위해 배웠 을 게 분명했다. 겨울은 여름이 초라하다 못해 무가 치하다고 생각했다. 바닥을 굴러다니는 먼지처럼.

"친한 기자님들 있어?"

"없어."

"내가 연락처 알려 줄게. 제보해 버려."

"그때 너도 같이 있지 않았어?"

"혹시 날 봤어?"

"응."

"음…. 그럼 나 본 건 비밀로 하고, 여름이가 한 일 만 폭로한다고 약속해 줘. 같이 있었던 다른 남자 애랑 입을 맞춰 볼게. 그 정도는 할 수 있거든. 그 리고 여름이는 은근히 겁 많아서 내가 한 소리 해 놓으면 내 이야기는 절대 못 꺼낼 거야."

연호가 에어 드롭으로 자극적인 헤드라인 을 잘 뽑는 기자의 연락처를 보냈다. 겨울은 넘어

수빈이가 되고 싶어

온 기자의 이름을 확인하자마자 눈살을 찌푸렸다. 둘의 라이벌 구도 기사를 처음으로 작성했던 기자였다. 하지만 이참에 묻고 싶은 게 있어 내색은 하지 않았다.

"근데 나 궁금한 거 있어."

"뭔데?"

"걔는 혼자서 어떻게 연기 연습을 한대? 혹시 방법을 알아? 대본에 메모도 많고, 되게 열심히 하는 것 같던데…. 누구한테 배운 건지 알고 싶어서. 나보다 걔가 연기를 더 잘하긴 하니까…."

연호가 입꼬리를 사선으로 당겨 올리며 삼류 악당처럼 웃었다.

"겨울아."

"응?"

"네가 더 예뻐. 걱정 마."

겨울은 분명 칭찬을 들었음에도 이상하게 기분이 언짢았다. 반면 연호는 테이블 밑에 감춰 둔 손가락 세 개를 모두 접었다. 이제 사탕발림에 눈먼 겨울이 연호의 소원 하나를 들어줄 차례였다.

"난 얼굴 말고 연기에 대해서 물어본 거야."

"에이. 네가 더 예쁘니까 시기하지 마. 여자애들이랑 우르르 몰려다니면서 견제할 필요도 없어."

"뭐?"

"네가 여름이를 질투해도 난 네 편이란 뜻이야. 네가 훨씬 예쁘니까."

겨울은 말문이 막혔다. 황당함에 고개를 좌우로 흔들었지만 연호는 '질투'와 '예쁘다'라는 말을 반복했다. 겨울이 가진 생각과 의문은 상대에게 받아들여지지 않았다. 명확히 칭찬의 형태를 하고 있음에도 불구하고 연호의 말은 겨울을 생명이 없는 인형으로 둔갑시켰다.

겨울은 어젯밤에도 먹었던 알약을 떠올렸다. 먹고 싶지 않은 것을 먹으라고 압박하는 손들은 멀리에만 있을 줄 알았는데 바로 눈앞에서 웃으며 등을 떠밀고 있었다.

그동안 타인이 찾지 못할 구석에 잘 숨겨 왔던 감정들이 한꺼번에 울컥 쏟아져 나왔다.

"잘 알지도 못하면서!"

겨울이 테이블 위에 놓인 컵을 들더니 예고 없이 연호의 얼굴에 프라푸치노를 확 부어 버렸다. 이 알록달록하고 달콤한 보복은 연호가 빈 소원이 아니었다.

"야! 한겨울! 갑자기 뭐 하는 짓이야?"
"내가 질투하긴 누굴 질투해. 장단 맞춰 주니까 만만해?"
"웬 급발진이야. 난 네 편이라니까?"

수빈이가 되고 싶어

"한 번만 더 사람 취급 안 하면 컵째로 던진다."

"너 잘되라고 알려 준 거잖아!"

"네가 내 부모님이야? 잘되라고 걱정해 주게?"

겨울은 연호가 알려 준 정보를 이용해 여름을 추락시키는 일에 흥미가 있었다. 하지만 뭣도 모르는 주제에 질투라는 단어를 운운하는 것은 용납할 수 없었다. 겨울은 여름보다 여름을 질투하는 자기 자신이 더 싫었다. 질투는 여름에게도, 겨울에게도 역린이었다. 또한 이런 마음들 때문에 친하지도 않은 아이에게 농락당할 생각은 추호도 없었다.

연호는 본인이 상대방을 잘 구워삶을 수 있다고 착각했지만, 여전히 몰랐다. 여자들의 자존심도 본인의 것만큼이나 원대하다는 사실을.

"너 나한테 이러면 안 돼. 너만 손해야."

"손해? 너도 같이 피웠을 게 뻔한데 내가 손해 볼 일이 뭐가 있어."

"설마 질투한단 말 때문에 화가 난 거야?"

"아니라고 했지!"

"아니기는? 맞네, 맞아. 겨울아. 네가 여름이를 질투하는 거보다 여름이가 널 질투하는 게 더 심하다니까? 근데 네가 더 예쁘다니까?"

"아이 씨. 말끝마다 자꾸 기분 더럽게. 내가 퍽이나 착해 보이는가 본데 난 남자애들한테는 착하게 안 굴어."

겨울이 손을 닦는 데 쓴 티슈를 구겨 연호의 상판에 던져 버렸다. 싫다는 티를 팍팍 냈는데도 멍청하게 질투라는 단어를 삼갈 줄 모르는 상대는 휴지 세례를 받아도 쌌다. 연호는 둘의 질투를 이용하려 하면 할수록, 둘에게서 더욱 멀어질 운명이었다.

겨울은 씩씩거리며 카페를 나서자마자 실행시켰던 녹음 어플을 껐다. 간사한 이간질쟁이를 어떻게 처리해야 할지에 대해서는 고민조차 하지 않았다.

겨울은 매니저에게 부탁해 서화동으로 이동했다. 과거에 다녔던 연기 학원이 위치한 곳인데 돈보다 진짜배기 배우 양성을 중시했던 창업주가 선택한 매우 조용한 동네였다. 개인이 운영하는 맛집 몇 군데를 제외하면 주변 건물 대부분은 옛날에 지어진 것들이었다.

대형 프랜차이즈의 손아귀에서 벗어나 있는 오래된 만화방은 연기 수업이 힘들 때마다 겨울이 엄마 몰래 도피하던 장소였다. 오늘처럼 마음이 뒤숭숭한 날은 책 더미에 얼굴을 파묻기 딱 좋았다.

"아이고. 오랜만이네, 겨울이."
"잘 지내셨어요?"
"못 지냈지. 다음 달에 문 닫는다고 연락하려 했는데 번호가 바뀌었더라. 이제 진짜 소파 스타가 된 거야?"

수빈이가 되고 싶어

"슈퍼스타 말씀하시는 거라면 아직 멀었어요."

수개월 만에 방문한 겨울이 멋쩍어하며 좌석으로 향했고 점심을 먹고 있던 주인은 다시 식사에 집중했다.

학생들이 즐겨 찾는 만화 카페와 달리 서화동의 만화방은 시설이 오래되고 가구가 몽땅 낡아 인기가 없었다. 최신작이라고는 단 한 권도 없어서 옛 추억을 찾는 아저씨, 주인과 수다를 떨려는 아주머니들이나 가뭄에 콩 나듯 방문했기에 겨울을 알아볼 사람도 없었다. 당장 내일 폐점해도 이상하지 않을 가게였고 겨울은 그 점이 좋았다.

거북목 자세로 열심히 읽었던 이토 준지 시리즈가 예전과 같은 위치에 꽂혀 있었다. 울적한 날이면 겨울은 서늘한 만화를 보며 스트레스를 풀었다. 주인공이 처한 끔찍한 상황들을 눈에 담을 때면 현실의 문제쯤은 아무렇지 않게 느껴졌다. 이제는 뒤에 이어질 내용이 무엇인지 다 알아 셀프로 스포일러를 발설하는 뇌를 막을 수가 없었지만, 페이지를 넘기는 맛은 여전히 각별했다.

겨울은 남들이 보면 기함할 만화를 두 발 뻗고 편히 감상했다. 귀신 그림, 시체 그림, 괴물 그림. 그동안 쌓아 온 답답한 감정들이 괴물의 촉수에 뎅겅뎅겅 썰렸다. 예쁘고 착한 아이로 살기 위해 감춰 놓았던 취향을 몰래 꺼낼 때마다 펄떡펄떡 날뛰는 삶의

역동을 느꼈다.

겨울은 좋아하는 것을 마음 놓고 좋아할 수 있는 순간을 좋아했다.

"못 보던 애가 있네."

"단골 학생이었는데 오랜만에 왔어요. 나름 유명해요."

"유명?"

"그나저나 이사는 언제 가시기로 했어요?"

주인과 친분이 있는 노파가 인사를 생략하고 카운터 옆 의자에 앉았다. 그녀는 평일 오후 예배가 끝나면 심심풀이로 조용한 만화방에 들렀다. 만화 대신 가져온 성경을 읽으며 시간을 보내는 이웃으로, 손님들 중에서 가장 고상한 책을 읽는 사람이기도 했다. 겨울은 눈치껏 모자를 푹 눌러쓰곤 얼굴의 반을 감추었다.

주인과 시시껄렁한 대화를 나누며 약과를 뜯어먹던 노인이 겨울에게로 슬그머니 다가왔다.

"하나 먹으련?"

노인은 겨울의 반쪽짜리 얼굴을 봤지만 겨울이 배우라는 건 몰랐다. 마침 겨울은 허기가 졌고, 약과 하나 정도는 괜찮을 것 같아 기어가는 목소리로 감사하단 말을 한 뒤 받아먹었다.

눅진눅진한 식감에 손이 닿은 부분은 짭조름하

수빈이가 되고 싶어

여 불쾌한 맛이었다.

"연예인?"

노파의 물음에 겨울은 긍정도 부정도 하지 않았다.

"요새 애들은 죄다 꿈이 연예인이여. 연예인으로 사는 게 그렇게 행복한가?"
"행복하긴요. 이 일이 얼마나 힘든데."
"어떤 게 그리 힘들어."
"할머니는 모르시겠지만 경쟁이 장난 아니에요. 서로 얼마나 견제하는지."

웬 오지랖이람, 겨울은 노파가 듣지 못할 작은 소리로 구시렁거리며 만화책에 다시 얼굴을 묻었다. 페이지를 획 넘기는데 이토 준지 시리즈의 모든 등장인물 중에서 가장 이목을 끄는 주인공인 토미에가 나왔다. 겨울은 사람을 홀리는 아름다운 외모를 지닌 캐릭터인 토미에를 동경했다. 한번 보면 잊기 힘들 정도로 깊은 인상을 남기는 여자아이. 겨울은 토미에처럼, 누구를 만나든 그의 기억 속에서 끝까지 살아남아 오래도록 열망을 일으키는 존재가 되길 원했다.

토미에처럼 살아 보고 싶어서 해 왔던 노력이 무색하게도, 겨울은 언제나 이면지 신세였다. 나름대로 애썼지만 늘 뒷장 취급을 받았다. 보다 더 중요한 존재처럼 보이는 앞장의 아이가 보유한 기록들을 떠올리노라면 심사가 뒤틀렸다. 하지만 이제 와서 쿨한 척 배우 일 따위 별로 원하지 않았다고 스스로를 속이는 건 불가능했다.

연기는 겨울에게도 소중했다. 대본을 읽는 동안에는 세상을 구하는 영웅이 되고 연인과 애틋한 마음을 나누는 어른도 될 수 있었다. 사람들은 화면 속의 캐릭터를 사랑했다. 대중이 악인에게 하는 손가락질 또한 관심이요, 사랑이었다. 카메라 앵글에 담기는 순간만큼은 언니와 엄마, 누구의 꼬리표도 없었다.

수빈: (하늘을 바라보며 굳세게) 어떤 모습이면 네가 나를 알아봐 줄까? 네가 나를 불러만 준다면, 난 천 년 동안 번데기로 살 수도 있어.

겨울에게 연기는 진화였다. 지금의 위태로운 감정을 탈피해 계단의 꼭대기까지 오르게 해 줄 길. 다른 사람의 도움 없이 '한겨울' 석 자만으로도 충분히 잘해 낼 수 있다는 걸 보여 줄 단 하나의 방법이었다. 지금은 장점이라곤 얼굴밖에 없다 욕을 먹고 있지만 겨울은 '수빈'이라는 꽃망울을 집어삼킴으로써 멋지게 피어날 순간을 고대했다. 활짝 만개해서 영원토록 시들지 않기를.

노파는 회전 캠처럼 겨울의 주변을 빙빙 돌며 표정을 살폈다. 겨울은 성가시다는 생각에 신경질을

수빈이가 되고 싶어

내고선 만화책 페이지를 거칠게 넘겼다. 노파가 옆 구리에 끼고 있던 책을 펼쳐 한 부분을 손으로 짚었 는데 거기엔 겨울이 가슴속에 몰래 숨겨 놓은 단어 가 있었다.

*[여호와는 **질투**하는 하나님인즉 나를 미워하는 자의 죄를 갚되⋯]*[4]

"질투는 신도 하는 건데 사람이 어떻게 안 하겠 어?"
"저 질투 안 하는데요."
"너도 사람이니까 해도 된다는 뜻이다."
"그럼 할머니도 누군가를 질투해요?"
"나는 안 하지."
"뭐야⋯."

노파가 손끝에 묻은 약과의 흔적을 티슈로 닦아 내곤 너스레를 떨었다.

"내가 다니는 노인정에 며느리한테 반포동 자이 아파트를 받은 년이 있는데 고년을 보면 배가 아 프더라."
"그게 질투잖아요?"
"아무튼 나는 안 해. 흐흐."

4 출애굽기 20장 5절 '그것들에게 절하지 말며 그것들을 섬기지 말 라 나 여호와 너의 하나님은 질투하는 하나님인즉 나를 미워하는 자 의 죄를 갚되⋯'

"어른들도 별수 없구나."

"누구나 똑같지. 사람은 누군가를 사랑해도 미워하고, 미워해도 사랑하도록 만들어졌어. 그래서 사랑이라고 다 아름답지는 않고, 미움이라고 다 추하지도 않아. 네가 느끼는 마음도 마찬가지야. 그 마음에도 두 가지의 면이 있을 텐데 흉한 쪽만 생각하는 거지? 우리 손녀도 밤마다 어찌나 들여다보는지 몰라. 자기가 미워하는 아이를. 나는 그게 사랑 같아 보이더라."

"하지만 어른들이 여자의 적은 여자라고 했어요."

"그런 말을 하는 사람들이 너희의 진짜 적이란다. 우습지 않아?"

겨울은 사랑이라는 단어 위에 감히 여름을 겹쳐 보았다. 그 아이의 실력을, 노력을, 열정을 훔치고 싶었다. 빼앗아 제 것으로 만들고 싶은 한편, 그 아이의 찬란함이 보존되길 바랐다. 격이 다름을 인정하여 우러러보면서도 그 마음을 부정하고 싶어지는 참으로 괴이한 욕망. 그 감정은 언제나 사랑과 미움 사이의 모호한 선 위를 얄밉게 오가는 바람으로 겨울에게 불어닥쳤다.

너를 생각해.

그래서 너를 증오해.

너를 닮고 싶어.

수빈이가 되고 싶어

절대로 너처럼 살지 않아.

네가 궁금해.

내 머리에서 당장 나가.

너랑 친해지고 싶어.

네가 죽었으면 좋겠어.

여름의 건강한 손을 입에 물고, 그 아이를 으적으적 씹어 배 속에 가두는 상상을 했다. 그러다가 퉷 뱉어 훼손되지 않은 여름을 빈틈없이 꽉 끌어안아 보았다. 기쁘고 끔찍한 마음이었다.

8월의 그늘 없는 운동장을 반복해서 돌 때처럼 마음에 끈끈한 땀이 흘렀다. 겨울은 자신이 여름을 토미에로 여기고 있고, 그녀에게 홀려 버렸을지도 모른다는 결론을 내렸다.

그 순간, 바싹 마른 마음 위로 선선한 곡풍이 불었다.

이가 하나 빠진 노파는 웃을 때마다 바람 빠진 풍선이 됐다. 겨울은 그 낡은 웃음이 초라하고 재미있어 빤히 바라보았다. 종이처럼 구겨진 얇은 손 가죽이 겨울의 손 위에 포개지더니 이내 물러났다. 노파는 노인정 친구 얘기는 비밀로 해 달라며 한쪽 눈을 감았다가 떴다.

겨울은 어른의 쿰쿰한 마음을 모른 체하겠노라 고개를 끄덕이고는 약과를 한 입 더 베어 물었다. 여전히 눅진했으나 나쁘지 않았다.

3차 오디션은 끝났지만 아직 전쟁은 끝나지 않았다. 오전 9시부터 오후 4시까지, 따분한 수업을 공식적으로 망각할 수 있는 날이 시작됐다. 맑은 날씨까지 학생들의 편이어서 매일 늦잠을 자던 상습 지각꾼들도 축제 날만큼은 일찍 등교했다. 눈치 보지 않고 책상 위에 화장품을 잔뜩 펼쳐 꾸미는 학생과, 답답한 치마 대신 헐렁한 체육복을 입은 학생이 사이좋게 공존했다. 오늘의 축제에서 비난받을 대상이라곤 '어울마당'이라는, 교사들이 지어 놓은 촌스러운 이름뿐이었다.

틱톡에서 인기가 좋은 편의점 음식 조합을 직접 만들어 주는 푸드 카페, 쿠팡에서 구입한 3만 원짜리 컬러 스크린으로 3억 원짜리의 촬영 열정을 선보일 인생 샷 부스, 성적 때문에 눈물로 덕질을 접은 친구들이 개최하는 구최애 플리 마켓 등 교복과 책에 가려졌던 학생들만의 세상이 펼쳐졌다.

안전을 위해 평소에는 외부인 출입을 엄금했던 교문의 빗장이 풀리자 많은 주민들이 살아 있는 웃음을 보기 위해 몰려들었다. 햇볕이 뜨거워질수록 학교와 어울리지 않는 즐거운 소음도 커졌다.

"역시 연예인이라 그런가. 이런 의상도 잘 어울려."
"고마워요."

수빈이가 되고 싶어

"바빴을 텐데 고생이 많아."

사람들의 관심을 유달리 많이 받은 건 학생 연극 팀이었다. 일찌감치 주인공 역할을 따낸 여름은 잘 해낼 자신이 있었다. 본인은 관객을 충분히 만족시킬 수 있는 경력자였고, 대본은 허술하기만 했으니까. 여름은 대사와 발성, 표정과 몸짓을 리허설에서부터 완벽한 형태로 뽐냈다.

"쟤 한겨울 아니야?"
"실물 대박이다."
"비율 미쳤어! 옆구리 살 어떻게 뺐는지 물어보자."

비록 무대에 오르지 못하는 굴욕을 겪었지만 겨울 역시 오늘을 별렀다. 체육관에서 운영되는 푸드 카페의 메인 서버 역할을 맡았는데, 조금이라도 더 예뻐 보이기 위해 어제 저녁밥을 거르고 오늘 아침밥도 걸러 가며 병적으로 굶는 일을 마다하지 않았다. 친구들은 겨울의 자존심을 살려 주고, 본인들이 여름의 무리보다 우월하다는 점을 과시하기 위해 홍보에 최선을 다했다.

어울마당에는 한 가지 룰이 존재했다. 방문객들은 1인당 한 장의 응원 표를 지급받는데, 각종 행사를 구경한 뒤 마음에 드는 팀에 표를 줄 수 있다. 최종 집계 결과 가장 많은 표를 받은 팀이 1등이 된다. 연극 팀은 작년까지 3년 연속으로 우승한 전력이 있었다.

여름은 또 한 차례 치러질 경쟁에서 승리를 예견하며 겨울을 의식했고, 겨울은 재차 패배하지 않고자 여름을 경계했다.

여름을 응원하는 남자아이들이 지지를 보냈다.

"우리 가족 표가 총 세 장인데 전부 연극 팀에 주라고 할게."

"어차피 연극 팀이 우승할 건데 뭐. 무리하지 마."

괜히 장난을 치기 위해 여름에게 "우리 삼촌은 한겨울 팬이랬는데." 따위의 도발성 농담을 하는 남자아이가 있었지만, 여름의 눈총을 받고 나면 연극 팀 내에 감도는 여유로움과는 별개로 경쟁 자체는 장난이 아니란 걸 깨우치고 입을 다물었다.

무슨 말을 섞으면 조금 더 친해질까 하는 마음이 반. 여름을 응원하는 무수한 남자들을 보고 괜한 용심이 들어 겨울에게 표를 던져 버리고 싶다는 반감이 반. 여름을 향한 남자아이들의 감정 또한 제각기 복잡한 색이었다.

겨울은 최선을 다해 음식을 서빙했고, 사인을 이어 갔다. 평소에는 앞머리가 갈라진 상태면 절대 사진을 찍지 않았지만, 오늘만큼은 누가 부탁하든지 환한 미소로 답하며 포즈를 취했다. 무엇이 가식이고 진실인지 구분하지 않고 기꺼이 손님들이 사랑할 만한 아이로 행동했다. 오르지 못한 무대에서 하

수빈이가 되고 싶어

얀 조명을 독점할 여름을 생각하면 없던 투지마저 타올랐다. 지금 이 순간, 겨울을 움직이게 만드는 건 전지는 다름 아닌 여름이었다.

대본을 연습할 때만큼이나 치열한 마음가짐으로 서빙에 임하는 스스로가 낯설었다. 이게 뭐라고 이렇게까지 열심히 하는 걸까. 무엇이 자신을 이토록 간절하게 만드는 걸까. 여름을 생각하면 심장에 끼워진 가장 큰 톱니바퀴가 거침없이 돌아갔다. 이여름이라는 여자아이는 겨울을 살게 하고, 또 아프게 하는 양면적인 존재였다.

"내 이름은 아마데우스! 최고가 되기 위해 이 자리에 서 있다네!"

여름 역시 온 마음을 다해 연극에 임했다. 단 한 번의 대사 실수 없이 객석을 향해 두 팔을 벌렸다. 박수 세례가 이어졌고 눈물을 글썽이는 관객도 보였다. 촬영 현장에서 보는 건 새까만 카메라와 팔짱을 낀 어른들의 냉담한 표정이 전부였는데 오늘 객석에는 고양된 얼굴과 환호만 가득했다. 그 누구에게도 무시당하지 않는 볼프강 아마데우스 모차르트, 그가 여름을 입고 재래했다.

여름은 털이 쭈뼛 서는 환희 속에서 살아 있는 기분을 만끽했다. 신선한 전율이 발밑에서부터 역행하여 정수리 위로 팡 터졌다. 감각을 되새김질하며 꼭꼭 씹어 삼켰다. '난 잘하고 있어, 앞으로도 그럴 거야!' 스스로에게 참으로 오랜만에 칭찬을 해 줬다. 지금 이 순간 세계가 사랑하는 아이는 의심할 필요 없이 자신이었다. 여름은 오늘의 함성을 영원토록 누리고 싶었다.

모든 외부인이 퇴장한 뒤 운동장에서 최종 개표가 진행됐다. 교사에게 말하지 않고 일찌감치 학교에서 달아난 아이들이 전교생의 절반이 넘었기에 운동장에는 진짜 경쟁자들만 남아 긴장을 공유했다.

인생 샷 부스와 겨울의 푸드 카페, 여름의 연극 팀이 삼파전을 벌였다. 각자가 응원하는 팀의 득표가 확인될 때마다 여기저기서 결이 다른 외침이 들려왔다. 상품은 고작 피자 쿠폰 정도로 허접했으나 경쟁의 목표는 승리지 보상이 아니었다.

개표가 막바지에 다다르자 승부의 양상은 푸드 카페와 연극 팀의 양강 구도로 좁혀졌다. 겨울은 신경 쓰지 않는 척 팔짱을 끼고 앞만 바라보았다. 도도한 표정을 짓고 있었으나 속으로는 지면 쪽팔려서 어떡하냐는 걱정을 반복하는 중이었다.

두 팀의 득표율이 어느덧 동률을 이루었다.

"여름아. 내가 한겨울 푸드 카페 가서 짜계치[5] 먹어 봤는데 존나 노맛."

5 짜파게티, 계란, 치즈를 조합해 만든 음식.

수빈이가 되고 싶어

"연극 팀이 이길 거임. 내 롤 계정 걸고."

"체육관에서 여자애들 똘똘 뭉쳐 다니는 거 꼴 보기 싫더라."

연극 팀의 득표가 연거푸 세 번 확인되자 남자아이들은 겨울 쪽에 뭉쳐 있는 여자아이들을 잔뜩 의식하며 날 선 발언을 쏟아 냈다.

"이번 공연 역대급으로 재미없었대. 아마데우스가 뭔데? 알고 있던 사람?"

"의상도 완전 안 어울렸는데 나만 그렇게 생각하는 거 아니지?"

"솔직히 쟤 연기 잘한다는 거 난 공감이 안 돼."

연극 팀에 질세라 푸드 카페의 득표수가 연달아 네 번 올라갔고, 여자아이들은 남자아이들의 유치한 발언을 깔보며 비웃음으로 응수했다.

개표는 3분간 더 이어졌다. 간신히 침묵을 지키고 있던 여름과 겨울은 손바닥이 긴장으로 축축해졌음을 동시에 자각했다. 둘 중 하나는 반드시 승자가 되고 남은 하나는 반드시 패자가 되는 경쟁. 이 자존심 싸움은 꽤나 커다란 마음을 담보로 쥐었다. 여름은 연극 팀이 최근 3년간 우승했으니 어차피 결과는 정해져 있다고 되뇌며 식은땀을 부정했다.

겉으로나마 굳건한 여름과 달리 겨울은 간절히 바랐다. 차라리 개표가 영원토록 지속돼서 승부가 나지 않으면 좋겠다고. 모두가 한마음으로 불을 붙인 상황이니만큼 패자가 되면 부끄러움도 곱절이 될 게 뻔했다.

애석하게도 영원히 끝나지 않는 계주는 없기에 배턴은 결승선에 닿아야만 했다. 학생회장이 결과를 발표했다.

"올해 어울마당 응원 투표 결과는….."

겨울이 초조해하며 눈을 감았다.

"푸드 카페 최종 우승입니다!"

여자아이들의 함성과 남자아이들의 탄식이 교차했다. 여름이 황당해하며 결과를 잘못 말한 건 아닌지 회장에게 따져 물었으나 개표 결과에는 아무런 이상이 없었다.

드디어 겨울에게도 승리가 주어졌다. 이 통쾌한 순간만큼은 여름의 친구들에게 어떤 말을 들어도 상관이 없었다. 승자는 패자를 질투하지 않는 법. '질투'라는 치욕의 감정마저도 여름에게 떠넘겨 버릴 기회가 왔으니 고상하게 돌아서고 싶지 않았다. 아직 여름에게 꽂아 줄 어퍼컷이 하나 더 남아 있었다.

겨울이 팔짱을 낀 채로 여름에게 다가갔다.

"얼마 전에 백연호 만났어. 먼저 연락이 왔더라고."

여름의 손끝이 흔들렸다. 겨울은 그 떨림을 포착

수빈이가 되고 싶어

했다. 긴말은 필요하지 않았다.

"네 친구답게 찌질하더라."

승리와 패배를 가르는 시소 위에 올라탄 둘의 마음은 한시도 제자리에 머물지 못했다. 겨울은 그런 여름의 감정을 목도하는 일이 짜릿했고, 한편으로는 거울을 보는 것 같아 거북하기도 했다.

분명 상대의 콧대를 꺾기 위해 아득바득 노력했고 미워하는 아이를 지르밟았음에도 진정으로 행복해지진 않았다. 찰나의 짜릿함은 민들레 꽃씨처럼 금방 날아가 버렸고, 그 후에 찾아온 어슴푸레한 어둠이 겨울의 등을 두드렸다. 인정하기 싫었으나 겨울이 품은 질투의 이면에는 동경이 있었다.

가시가 돋아난 고슴도치라 해도 속살만큼은 보드랍듯이 타인을 미워하는 인간의 마음속 가장 깊은 곳에는 언제나 오염되지 않은 순수가 존재했다. 질투하는 우리를 악인으로 타락시키지 않는 귀한 의지이자, 질투의 손을 잡아 주는 유일한 친구. 겨울은 그 감정을 털이 보드라운 동물 삼아 쓰다듬으며 질투와 동경의 공존 속에서 혼란을 느꼈다.

그 후 여름은 초대한 적 없는 기억들과 일상을 보냈다.

어떤 날은 소속사 대표가 살이 쪘다고 혼내던 순

간을 떠올렸다. 하루 종일 굶어 어지러운 상태에서 운동을 반복하며 체중을 감량했다. 어른들이 설계한 방향으로 몸을 학대하니 조금씩 '기준'에 가까워졌다. 대표가 선물한 서러움은 의외로 유효 기간이 길지 않았다.

또 어떤 날은 사람들이 쓴 악플을 떠올렸다. 데뷔 초반만 하더라도 실력 평가에 감정이 널뛰기를 했으나 지금의 여름은 제법 단단했다. 속이 상하면 대본을 더 보고, 선배들의 작품을 한 편 더 공부했다. 분한 마음도 유효 기간은 길지 않았다.

지난 아픔들은 고작 호수의 물결이어서 일상에 닿아 봤자 금세 사라졌다.

그러나 겨울을 향해 타오르는 불은 도통 꺼지질 않았다. 꼼꼼히 덮어도 기어코 뜨거운 숨을 울컥 뱉고는 몸을 키웠다. 연기 연습을 하고, 남자아이들에게 다시 살갑게 굴고, 자신을 칭송하는 기사를 볼 때마다 '좋아요'를 눌러도 마음은 겨울을 알기 전으로 돌아가질 않았다. 연기에서 이기면 다 끝나는 게임인 줄로만 알았는데 아니었다.

한껏 끓어오른 주전자처럼, 마음이 스스로도 인지하지 못한 사이 날카로운 소리를 뿜어 댔다. 미워하면 미워할수록 자신도 아팠다. 누군가를 싫어한다는 건 가장 능동적인 자학이었고, 사람들은 비웃기만 할 뿐 이 마음을 어찌 다루어야 할지 알려 주

수빈이가 되고 싶어

지 않았다.

'신경 끈 채로 살고 싶어. 제발!'

응원 투표에서 진 후 여름은 속이 상하여 타지에 있는 아버지의 연락마저 피했다. 받지 않은 전화는 결코 두 번 울리질 않았다. 그러면 여름은 또다시 상상했다. 하루 종일 친구와 가족의 연락으로 시끄럽게 울려 댈 겨울의 휴대폰. 실력을 제외한 모든 걸 가진 아이의 세계를. 주전자가 적셔 버린 자존심이 흐물흐물하게 녹았다.

[너한테도 혹시 연락 왔었어?]

[말조심하는 게 좋을 거야.]

[곤란하게 만들면 진짜 가만 안 둬. 나 친한 형들 많은 거 알지?]

무슨 소식을 들었는지 준수가 뜻 모를 메시지 폭탄을 보냈으나 여름은 반응하지 않고 차단했다. 마음속이 어느 때보다도 분주했기에 눈앞의 세상만큼은 고요할 필요가 있었다. 학교, 집, 학교, 집. 이외엔 어디에도 가지 않았다.

겨우 찾은 평화를 깬 건 소속사 대표였는데, 그녀는 주말 오후에 중요한 소식을 전해야 하니 회사로 찾아오라 지시했고, 그 연락을 받고 나서야 여름은 숨을 쉬었다. '인생은 순환'이라는 어른들의 말이 맞다면, 이제는 좋은 소식이 찾아올 차례였다.

대표는 평소답지 않게 밝은 미소로 여름을 맞이하고선 여름이 좋아하는 크림소다를 한 캔 내주었다.

"학교 행사는 잘 마무리했고?"

"네."

차마 투표에서 겨울에게 밀렸단 말은 하지 못했다. 어차피 대표는 신경도 쓰지 않을 테니.

"날이 이제 많이 덥다. 그렇지?"

"네."

"너 살을 좀 더… 아니다. 살 빼는 게 참 어려워. 여자애들은 특히 더 그래."

대표는 대화 내내 상냥한 미소를 잃지 않았다. 평소라면 커피를 홀짝이느라 분주했을 손인데 오늘따라 여름의 등과 뒤통수를 거듭 쓰다듬었다. 수빈이역할을 맡게 되면 어른들은 태도를 바꾸는 걸까. 호랑이 같았던 상대가 이제는 고양이 새끼쯤으로 보였다.

긴장이 풀렸다.

"조금 더 빼 볼게요. 이 몸으로 수빈이를 연기할수는 없으니까요."

대표가 잔의 손잡이를 괜히 만지작거리며 창밖을 바라보았다. 늘 할 말만 하는 사람인데 오늘따라 멈칫거리는 느낌이었다. 여름은 발뒤꿈치를 쿡쿡 두드리는 위화감을 느꼈다. 좋은 날에 등장하지 말아

수빈이가 되고 싶어

야 할 녀석이었다.

고개를 좌우로 돌려 대표실의 풍경을 살폈다. 무언가 달라진 게 있는 걸까. 이 위화감은 어디에 숨어 있는 손님일까.

얼마 지나지 않아 발견했다. 대표석 옆 바닥에 금색 쇼핑백들이 즐비하게 놓여 있었고 그건 누군가의 차 트렁크 안에도 있던 것이었다.

"여름아."
"대표님. 저거 혹시….."
"다이어트 미뤄도 괜찮아."

대표는 수녀 같은 표정을 하고선 여름의 손을 잡아 주었다. 하지만 여름이 보는 어른의 낯짝은 누구보다도 탐욕스러웠다.

"이번에는 겨울이한테 양보하자."

분명 3차 오디션은 여름의 승리였다. 그건 여름의 착각이 아니었다. 하지만 세상에는 공정한 시합만 있는 게 아니었다. 어떠한 시합은 상상하기 싫을 만큼 지저분했고, 링에 서지도 않은 사람들의 힘겨루기로 결론이 났다.

"연기는 제가 더 잘했고 3차 오디션 반응도 제 쪽이 훨씬 더 좋았어요."
"알지. 너 연기 잘하는 거."
"오디션에서 심사 위원들이 다 절 인정해 줬는데

왜 겨울이한테 양보해야 돼요? 납득할 수 없어요. 아무도 동의하지 않을 거예요!"

"그분들의 최종 결정이야."

값비싼 음식을 대접받으며 히죽거리는 어른들. 그들 앞에서 얼마나 큰 액수든 지불할 채비를 마친 겨울의 엄마. 원하는 만큼 주어지는 풍족한 쇼핑백. 본 적도 없는 이미지가 머릿속에서 덩어리가 돼 둥 둥 떠다녔다. 어두운 세계의 울긋불긋한 웃음들이 비처럼 쏟아졌고 여름의 머리는 나쁜 상상을 멈추지 못했다. 그 망상들이 모두 현실에 뿌리를 두고 있었으니.

억울하여 아랫입술을 잘근 씹었으나 이대로 울어 버릴 수는 없었다. 대표의 손을 뿌리친 여름의 손은 주먹이 돼 외로이 떨었다.

눈물을 흘리지 않는다고 울지 않는 건 아니었다.

"내 간절함은 아무 소용이 없어요?"

대표는 반칙도 시합의 일부라는 걸 모르는 아이를 측은히 여겼다. 그러나 도와줄 의지 없이 동정만 표현하는 일은 위선과 별반 차이가 없었다. 곧 캐스팅 면담을 위해 겨울이 도착할 예정이라 대표는 대화를 얼른 끝맺음 하고 여름을 보내려 했다.

"하루 이틀 연기할 거 아니잖아. 좋게 생각하자. 어차피 겨울이가 수빈이 역할을 받아 가서 〈A 프

수빈이가 되고 싶어

로젝트〉에 출연한다 해도, 곧바로 오수빈처럼 톱
스타가 되지는 않을 테니까 너무 걱정하지 않아
도 돼."

"그건 또 무슨 말이에요."

"너네는 수빈이가 되려고 안달이 나 있어. 그런데
수빈이는 너흴 신경 쓰지 않아. 걔는 그냥 자기 연
기를 해 왔지. 차라리 이 기회에 너는 수빈이에게
서 벗어나도록 해."

여름은 이런 소리나 들으려고 그간 대표의 모욕
을 견디며 수빈을 흉내 낸 게 아니었다. 이제 와서
이딴 대우를 할 거라면 처음부터 수빈이 되라고 압
박하지 말았어야 했다. 어른들은 여름이 따라잡지
못할 속도로 너무나 쉽게 마음을 바꾸었고, 말도 바
꾸었다. 차라리 대표가 딱 오늘 하루만 행위 예술가
가 돼 무릎을 꿇는 연기라도 했다면 여름은 덜 분노
했을까. 부정한 주제에 뻔뻔하기까지 한 상대가 증
오스러웠다. 그 증오는 품 안에 숨어 있던 질투의 멱
살까지 쥐고 수면 위로 떠올랐다. 아래에는 서러움
과 한탄, 우울, 열등감이 주렁주렁 매달렸다. 녀석들
이 낄낄거리며 여름의 뇌에 달라붙었다.

"여름아. 누군가를 미워하는 일도 힘 넘칠 때나
하는 거야. 나는 너희 뒷바라지하느라 지쳐서 매
일 쿵쿵거리는 윗집 사람한테 따질 힘도 없단다.
좋게 생각해."

여름은 속 편한 한탄이나 하는 어른을 노려보며 아랫입술을 꽉 깨물었다.

대표의 뺨을 내려치고 눈을 할퀴었다. 발로 배를 밟고 코에 크림소다를 들이부었다. 쇼핑백으로 머리를 후려치고 더러운 것을 받은 손가락을 잘근잘근 씹었다. 때리고, 부수고, 찢고, 으깼다. 이 모든 상상을 하는 데에는 10초도 걸리지 않았다. 분노가 보여 주는 환각을 감상한 후에야 여름은 어깨를 축 늘어뜨렸다. 갖고 싶었던 미래는 이미 멀리 달아나고 없었다.

소망에게 어떤 말을 남겨야 돌아봐 줄까. 여름은 알지 못했다.

대표는 여름의 그렁그렁하던 눈가가 바싹 말라 버린 걸 확인한 후에야 커피를 다시 홀짝였으며 여름에게 주었던 음료를 뺏었다. 전체 열량이 250kcal인데 절반밖에 마시지 않아서 다행이었다. 그때 대표의 휴대폰이 울렸고, 그녀는 창가 앞에서 누군가로부터 어떤 소식을 전해 듣더니 씩씩거리며 휴대폰을 소파에 던졌다.

"여름아. 너….'

어른이 표정을 잔뜩 구긴 채로 자신을 불렀지만 여름은 대답을 하지 않았다. 역할을 뺏긴 일보다 더 나쁜 일이 생길 리가 없으니.

수빈이가 되고 싶어

대표실의 문이 열리고, 대표가 말한 약속 시간보다 일찍 도착한 겨울이 들어왔다.

"… 백연호랑 무슨 짓을 하고 다닌 거야!"

여름은 생각했다. 어쩌면 더 나쁜 일이 남았을지도 모르겠다고. 슬며시 고개를 들어 화를 내고 있는 대표 대신에 겨울 쪽으로 시선을 옮겼다. 삶이 너무 가혹하니 눈앞의 아이를 죽이는 대신 그 아이의 눈앞에서 스스로 죽어 버리고 싶은 심경이었다.

여름과 겨울은 서로를 벽 보듯 마주했다.

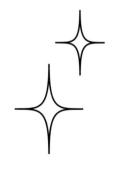

겨울의 인터뷰

Q: 겨울 씨가 제보한 백연호 씨의 대마초 스캔들은 연예계의 전환점으로 기록됐죠.

A: 아무리 동료 배우의 일이라도 아닌 건 아니라고 말할 수 있는 분위기가 생겨서 기뻐요.

Q: 아니요. 그보다는…. (반색) 이제 청소년들도 성인 배우들만큼 과감한 일탈을 저지르는 주체로 인식된다고 할까요. 백연호 씨가 양성 판정을 받았다는 뉴스가 나온 이후 아역 배우들에게도 성인 역할이 제안되고 있으니까요.

A: (떨떠름) 그건 예상 못했네요.

Q: 여름 씨까지 조사를 받은 일도 예상하진 못했을 거예요.

A: 저는 기자님에게 별말 하지 않았어요. (고개 숙임) 백연호 씨와 제가 나눴던 대화 녹취록만 전달했을 뿐….

Q: 당시 백연호 씨의 소속사에서 이를 은폐하려다

가 네티즌 수사대에게 걸리는 바람에 큰 역풍을 맞아서 화제였죠. 기분이 어떠셨나요?

A: (고개 듦) 아무렇지도 않았어요.

Q: 어째서죠? 백연호 씨는 당시 업계 톱이었어요. 녹취록을 살펴보면 겨울 씨에게 호감을 가졌던 걸로 보이는데요.

A: (웃음) 저랑은 상관없어요.

Q: 겨울 씨는 동료와의 친분을 각별하게 여기지 않나요?

A: 각별히 여겨요. 하지만 백연호 씨는 저랑 상관이 없어요. 톱 배우라고 해서 전전긍긍할 필요는 없잖아요. 그분은 제 인간관계에서 그렇게 퇴장할 동료였을 뿐 그 이상도 그 이하도 아니었어요. 아무리 제가 주변인을 소중히 여긴다 해도 모두를 다 그렇게 대하는 건 아니에요. 저는 백연호 씨 말고 제 얘기를 더 하고 싶어요.

겨울이 홧김에 기자에게 전송해 버린 녹취 파일은 한국 연예계를 부침개처럼 뒤집었다. 노릇노릇하게 달궈진 여론의 뭇매 덕에 연호의 예측은 보기 좋게 빗나갔다. 네티즌들은 연호, 준수, 여름을 모두 소환하여 조사하라 으름장을 놓았다. 연호와 여름이 당시 처했던 입장의 차이라면, 연호의 팬클럽은 연호를 지키기 위해 기를 쓰고 온갖 말을 다 끌어오며 노력했고(미성년자, 인권, 사춘기 등 많은 단어가 희생됐다.) 여름의 팬클럽은 조용했단 점이다. 연호 하나를 살려 주기 위해 수많은 여자들이 손에 손을 잡고 호소했지만, 그 반대편에서는 연호를 어떻든 조회 수의 제물로 삼으려는 유튜버들이 활약했고, 또 머나먼 어딘가에서는 라이벌의 몰락을 바라는 아역 배우들의 익명 증언이 쏟아졌다.

좁디좁은 땅 위에서 수만 가지의 마음들이 얼기설기 교차했다.

수빈이가 되고 싶어

여름은 구설에 휘말려 한동안 학교에 가지 못할 만큼 힘들어했으나 모발 검사를 통해 무고함을 증명했다. 반면 연호는 혐의가 인정돼 국내 1호 마약 사범 아역 배우가 됐다. 네티즌의 반응은 크게 두 가지였다.

백연호랑 친하게 지내던 애들 다 혐의 떨어? 인 싸 물귀신이네.

이제 보니 이여름도 관상이 쎄하지 않아? 분명 뭔가 구린 게 있을 거야.

거짓으로 찍든 진실로 찍든 낙인은 모두 붉었다. 여름은 한동안 대표의 온갖 폭언을 견디며 이미지 쇄신에 박차를 가해야 했다.

그 일환으로 여름과 겨울은 한 광고에 동반 모델로 활동하게 됐다.

"슛 들어갑니다. 여름 씨랑 겨울 씨 전부 준비됐죠?"

콘티 점검을 끝낸 감독이 카메라 뒤에 앉아 여름과 겨울을 살폈다. 둘이 함께 찍는 광고는 청소년 금연 공익 광고였는데, 겨울이 캐스팅된 이유는 이미지가 공익 광고 출연에 손색이 없어서였다. 겨울은 교우 관계가 좋기로 유명했으며 인상이 모범적이었기에 "담배의 담 자도 몰라요."라는 촌스러운 멘트를 소화하기에 딱이었다.

반면 여름이 캐스팅된 건 화제성 때문이었다. 검사 결과 문제가 발견됐다면 상상도 못 할 일이겠지만, 일단 여름에게는 혐의가 없었다. 소속사 대표는 머리를 싸매고 사건을 좋은 방향으로 마무리할 방법을 고민했고, 여름이 아무것도 모르는 상태로 권유만 받았다는 점을 알리자는 결론을 도출했다. 여름이 담배 한 개비를 들고 "호기심에라도 시작하지 말아요."라는 대사를 읊는 건 제법 시의적절했고, 진정성까지 있어 보였다. 네티즌들이 여름을 캐스팅한 감독을 비난하기도 했지만, 욕을 하든 칭찬을 하든 광고는 봐 주는 사람이 있으면 빛났다.

그리하여 둘은 교복 차림으로 가식적인 팔짱을 유지하게 되었다.

"자, 그럼 들어갑니다. 레디, 액션!"

둘은 콘티대로 담배를 들고 있다가 몸에 좋지 않은 건 마음에도 좋지 않다고 입을 모아 외쳤다. 담배를 적극적으로 외면하려는 두 학생의 의지 표현이 가장 중요했는데, 담배와 동일하게 생긴 모형을 바닥에 던진 뒤 발로 밟아 불을 끄는 연출이 하이라이트였다.

감독은 모니터를 한참 바라보더니 메가폰을 내려놓았다.

"겨울 씨."

수빈이가 되고 싶어

그는 호명과 동시에 주머니에서 전자 담배를 꺼내 물었다.

"표정이 딱딱해요. 자연스럽게 가자고요."

"죄송합니다."

"피곤해서 그러죠? 우리 10분 쉬어요."

스타일리스트들이 달려와 여름과 겨울의 옷매무새를 점검했고, 메이크업 스태프들이 뒤이어 기름이 뜬 얼굴을 세범 컨트롤 파우더로 가라앉혔다. 촬영 스태프들은 새로운 담배 모형에 불을 붙여 연습해 보라며 둘에게 다시 나눠 주었다. 어른들이 모두 자리를 뜬 후에야 여름과 겨울은 서로를 흘겨보았다. 대화가 잘려 나간 사이였지만 오늘은 달랐다.

"너 나랑 얘기 좀 해."

여름이 겨울의 팔을 끌고 세트장 뒤로 이동했다. 주변이 고요하다는 걸 확인한 후 여름은 전쟁을 시작했다.

"무슨 생각으로 기자한테 제보한 건데?"

"범죄 고발하는 일에도 생각이 필요해?"

"연기는 못하면서 거짓말은 잘하네. 나 엿 먹이려고 그랬지? 근데 백연호만 나락 가고 네가 바라는 그림이 안 나와서 어떡해?"

"비아냥대기는. 너 때문에 제보한 거 아니야."

"웃기시네. 그 시간에 연기 연습이나 하지 그래.

오늘도 네 덕분에 딜레이됐잖아."

온갖 추문으로 고생을 해 놓고도 여름은 겨울 앞에서 주눅 들지 않았다. 겨울은 오늘도 여름에게 연기로 밀렸다는 생각에 자존심이 상했지만, 예전보다는 견딜 만했다. 이제 비장의 카드가 생겼으니까.

"응. 연기 연습해야지. 나는 곧 수빈이가 되잖아! 넌 당분간 놀아도 되니 좋겠다?"

3차 오디션이 어떻게 끝났든 수빈이는 겨울의 미래가 됐다. 여름은 수빈이라는 이름을 입에 올릴 자격을 박탈당했다. 겨울은 이제 잔챙이 같은 경합에서 모두 밀려도 상관없었다. 크리스마스트리 꼭대기에 있는 가장 큰 별이 손안에 있었다.

"네가 정말 나보다 잘나서 역할을 땄다고 생각해?"
"이유야 뭐가 됐든 친구가 없어서 그딴 거나 권유받는 너보단 내가 낫다고 생각해."
"미쳤니?"
"미친 건 수빈이도 못 되고 외톨이가 된 너겠지."

상대방과 싸우는 연기야 배우로 생활하는 동안 몇 번이고 반복했지만, 대본 없는 실제 말싸움에는 익숙하지 않았다. 심장이 살갗을 뚫고 튀어 나갈 듯 쾅쾅 뛰었다. 층간 소음을 이기지 못한 위장이 찌릿하게 조였고, 아랫배는 팽팽하게 당겼다. 누가 불로 지지는 듯 온몸이 뜨겁게 데워지더니 의도하지 않았는

수빈이가 되고 싶어

데도 주먹이 꽉 쥐어졌다. 여름은 화가 나면 사람을 때릴 수도 있다는 말을 처음으로 이해하게 됐다.

"한겨울. 네가 아직 모르는 게 하나 있는데 말해 줄게."

"안 궁금한데?"

"그러면 나도 기자한테 말할까? 네 엄마 로비 쩌는 거."

"뭐라고?"

"소속사 대표님이랑 제작사 대표님한테 너희 엄마가 쇼핑백을 몇 개나 갖다 바쳤는지 너 모르지?"

"미쳤으면 혼자 미쳐. 헛소리하지 말고."

"좋겠다. 돈으로 배역을 사 주는 엄마가 있어서."

"질투하지 마. 지금 너 되게 없어 보여."

"질투? 너는 돈으로 로비하는 애한테도 질투를 하니? 너희 엄마한테 물어보고 나한테 좀 알려 주라. 얼마나 썼는지. 지금부터 저축해야겠어. 커서 너처럼 돈으로 역할 사려면."

겨울의 주먹도 후들후들 떨렸다. 겨울은 깔끔한 이미지와 그럭저럭 괜찮은 연기력 덕에 역할을 따냈다고 생각해 왔다. 실력이 여름보다 떨어진다는 건 잘 알고 있었지만, 그럼에도 불구하고 제작사가 자신에게서 어떠한 반짝임을 보았으리라고 믿었다. 배우로서 수빈의 이름을 갖고 싶었던 것이지, 돈을 주고 스티커 수집하듯 이름을 가지려 했던 적은 없었다.

엄마가 최근 들어 약속 자리에 자주 나가는 점이 의아하긴 했지만, 단순히 어른들의 사회생활인 줄로만 알았다. 그 사회생활이란 딸이 감히 물을 수 없는 일이며 당연히 자신과 상관도 없으리라 여겼다.

겨울은 수빈이가 되는 일이 정당한 노력의 대가이길 바랐다. 엄마가 지불한 카드값의 영수증 따위라면 자존심이 상하는 건 물론이고 이겨도 이긴 게 아니었다. 제 몫으로 성취하고 싶었던 꿈이 엄마의 손에서 시작돼 엄마의 손으로 끝나는, 얼떨결에 따라오는 덤이어선 안 됐다.

겨울의 머릿속에서 펑, 폭발음이 울렸다.

"짜증 나게 하지 마!"

바깥으로 뻗어 가는 불꽃 같은 감정이 단번에 여름을 향해 돌진했다.

"이 씨!"

여름도 참지 못하고 겨울에게 달려들었다.

둘은 사이좋게 담배 모형을 집어 던지고는 각자의 머리칼을 쥐었다. 어른에겐 예의 바르고 동급생에겐 친절한 둘이었지만 그들도 사람이었다. 긁으면 긁히고, 도발하면 타오를 줄 알았다. 연소하는 감정으로 상대의 머리를 한 움큼 쥔 손에서는 힘이 쉽게 빠지질 않았다. 탈모를 걱정할 필요가 없는 젊은 분노가 세트장 뒤를 빨갛게 채웠다. 희한하게도 서로를 미워하고 있음을 감출 생각조차 하지 않고 표출하자 둘은 이유 모를 해방감을 느꼈다.

분노하는 와중에도 짜릿했다.

"저것 좀 봐라. 재네 듣던 대로 앙숙이네."

"으하하하. 가관이다."

"넌 누구 응원할래? 나는 한겨울."

세트장 뒤편에 소품을 놓으러 온 스태프들이 둘의 싸움을 목격했다. 불꽃놀이를 좋아하는 청춘들은 반사적으로 휴대폰을 꺼냈고 눈부시게 빛나는 감정을 멋대로 기록했다. 카메라에 담기지 않는 걱정과 비웃음이 둘의 귓가에 닿았다. 둘은 사람들이 온 것을 의식하고서야 싸움을 멈추려 했다.

단, 상대가 먼저 꼬리를 내려야만.

"놓으라고!"

"네가 먼저 놔!"

목재 도구에서 흰 연기가 피어올랐다. 여름과 겨울이 서로의 머리채를 잡느라 무신경하게 던져 버린 담배 모형에 불이 붙어 있었던 탓이었다. 번져 가는 불길은 타오르는 마음을 쉽게 해체했고 모두를 위협했다. 높은 곳까지 상승한 불길로 인해 목재 조각들이 후두두 떨어져, 여름과 겨울의 옷자락을 스쳤다. 사이좋게 튄 불똥이었다.

한 스태프가 재빨리 소화기를 가져와 초기 진화에 성공하여 소란은 금방 멎었다. 하지만 겨울과 여름의 싸움을 찍은 영상이 날개 대신 공유하기 버튼을 달고 일파만파 퍼졌다. 소속사에서는 조작된 영상이라며 사실 관계를 부정하려 했지만, 의상에 남은 그을음이 저화질 소문을 4K의 실화로 만들었다.

둘은 씹기 좋은 고깃덩어리로 전락했다. 불똥과 질투에 공통점이 있다면, 하나만 튀어 오르진 않는다는 점이었다.

수빈이가 되고 싶어

6. 결국 수빈이는 너

서로의 머리칼을 뜯는 15세 여배우들의 영상이 온 세계를 질주했다. 틱톡을 타고, 릴스를 타고 둘의 낯가죽은 쉴 새 없이 벗겨졌다. 사람들은 유희의 말미에 관람료 대신 얄팍한 비난을 지불했다.

10대들은 싸우지 말아야 해.

사이좋게 지내야지.

여자아이들의 질투 좀 봐.

여자아이, 여자아이. 어리고 여자이기까지 한 애들. 한없이 어리석지.

누구도 싸움을 말리지 않았다. 오히려 상대의 머리채를 잡던 둘의 마음에 기름을 붓고 부채질했다. 여자아이의 질투는 길거리에 납작 붙은 껌이라 수없이 많은 발들에 짓밟혔다. 만약 둘이 머리칼을 잡지 않고 고상하게 앉아서 토론을 즐겼다면 질투를 존중해 줬을까.

수빈이가 되고 싶어

대표는 일을 키워 버린 둘에게 똑같이 화를 냈다.

"너네한텐 사근사근한 이미지가 생명인 거 몰라?"
"죄송합니다."
"머리채를 잡고 싸워? 힙합 하는 애들도 그렇게
는 안 싸운다!"

대표가 그려 두었던 청사진은 간단했다. 여름과
겨울의 경쟁을 부추겨 어떻게든 둘 중 한 명을 수
빈으로 만들기. 그게 전부였다. 겨울의 엄마가 지불
한 금액 덕에 겨울이 수빈 역을 땄으니, 그녀의 청
사진은 완성된 셈이었다. 이제 와서 둘이 싸우는 일
은, 심지어 급 떨어지게 머리채까지 잡고 싸워서 둘
다 나락으로 떨어지는 일은 일어나지 말아야 했다.
여배우에게는 이미지가 생명이었다. 시대가 아무리
바뀌어도 사람들이 여배우에게 원하는 이미지는 선
량하고 순수한 것이지 거칠고 독한 게 아니었다. 심
지어 미성년자라면 더더욱. 그러니 여름과 겨울은
싸우면 이겨도 지는 처지였다.

앞길이 창창한데. 바꿔 말하면 아직 써먹을 기회
가 한참 남은 아이들인데 이대로 둘을 폐기할 수는
없었다. 여론을 다스리는 것은 새로운 여론뿐. 대표
는 서둘러 자구책을 고안해 냈다.

"김 PD. 우리 애들 잘 부탁해. 둘 다 착한데 사춘
기라서 그랬던 거야."

어른의 세계에서 살아야 하는 대표 또한 고단하기는 마찬가지여서 예능 PD에게 퀭한 얼굴로 호소했다. 여름과 겨울에게 대표는 악당이었지만, 이 업계에선 파리처럼 손을 삭삭 비비는 게 습관이 된 등굽은 인간일 뿐이었다.

정신이 없었는지 옷까지 뒤집어 입은 탓에 태그가 목 앞에서 덜렁거렸다. 그 와중에 입은 옷이 프라다 짝퉁이라 상표의 끝 글자가 묘하게 달랐다. PD는 그 사실을 말해 줄까 말까 고민하다가 헛웃음과 함께 손가락으로 태그를 밀어 넣어 줬다.

"내가 대표님 믿고 찍는 거예요. 조회 수가 아무리 많이 나와도 지금 여름이랑 겨울이를 게스트로 쓰는 건 우리한테 리스크가 큰 거 알죠? 저는 프라도 말고 프라다 입고 싶다고요."
"아이고, 이게 왜 뒤집혀 있지. 알지, 잘 알아. 다음에 다른 애들도 많이 넣어 줄게."
"새로 데뷔할 애들 한번 꽂아 줘요."
"당연하지. 근데 내가 짝퉁 입은 거 아무한테도 말하면 안 돼."

여름과 겨울은 대표의 고군분투 덕에 인기 예능 유튜브 채널에 출연하게 됐다. 종편 방송사 출신인 예능 PD가 프리랜서로 전향한 뒤 오픈한 채널인데 유명세를 탄 덕에 단일 영상의 조회 수가 평균 70만 뷰를 넘었다. 〈친해지길 바라〉의 요즘 버전으로, 사이가 나쁜 두 연예인이 함께 시간을 보내는 모습을 담는 포맷이었다. 대표는 둘의 이미지 쇄신을 위해 직접 대본 작업에 관여할 정도로 열의가 넘쳤다.

여름과 겨울은 살아 있는 상품이므로 악성 재고 신세가 되기 전에 한 번이라도 더 진열대에 서야만 했다. 즉 이 촬영에 임한다는 건, 폐기 스티커가 붙기 전 최후의 판촉이었다.

양측 메이크업 스태프와 매니저들이 촬영 장소인 공원에 모였다. 담당한 배우를 돋보이게 만들기 위해 메이크업 스태프들은 이른 아침부터 둘의 얼굴에 화장품을 두껍게 쌓아 올렸다. 배우들의 눈동자에 생기가 돌았고, 카메라에는 더 밝은 불이 들어왔고, 동시 녹음 장비가 준비됐으며 작가들은 대본을 최종 점검했다. 단둘만의 세계를 만들기 위해서 수십 명의 사람들이 공원을 꽉 채웠다. 그 덕에 조깅을 하던 주민들은 영문도 모르는 채 공원 밖으로 쫓겨났다.

여름과 겨울은 본인들이 저지른 과오를 알았기에 울며 겨자 먹기로 손을 잡고 공원을 거닐었다. 마치 지난날의 싸움은 치기 어린 실수였을 뿐, 실제로는 서로를 무척 예뻐한다는 듯이.

"여름아. 오늘 헤어가 정말 잘 어울려."

'짜증 나 죽겠네. 꼴 보기 싫다.'

"겨울이 너도야. 내가 추로스 사 왔는데 같이 먹어 볼래?"

'네 입에 들어갈 음식이 아깝다.'

"있잖아, 예전에는 너랑 잠깐 말다툼을 했지만 사실 난 너를 좋아해."

'오늘 네가 죽어도 난 밥만 잘 먹을 거야.'

대본대로 둘은 그간 있었던 일을 허심탄회하게 털어놓는 척 연기했다. 진실로 허심탄회해질 수는 없었다. 속에 들어 있는 것을 꺼냈다가는 연예계에서 생매장을 당할지도 몰랐다. 질투에는 휴일이 없다던 누군가의 말[6]처럼 그 감정은 일상적이고 평범한 마음이었으나 둘은 사랑받기 위해 이를 악물고 어두운 마음을 부정했다.

솔직하지 못한 사람들이 만든 세계에선 그래야만 했다.

"이번에는 피크닉 장면을 연출해 볼 건데요. 샌드위치를 나눠 먹으면서 서로의 악플을 대신 읽어 주면 돼요. 서로 공감하고 위로하는 장면을 따 볼게요."

풀밭 위에 아기자기한 돗자리와 소품이 깔리자 둘은 손을 잡고 앉았다. 정말로 단둘이 있었다면 절대 손 따위는 잡지 않았을 거다. 여름과 겨울은 어른

6 영국의 철학자 프랜시스 베이컨의 책 《수상록》 중 "invidia festos dies non agit."

수빈이가 되고 싶어

들 앞에서 오순도순한 척을 하는 지금이야말로 진짜 연기를 하는 순간이라는 자조를 속으로 삼켰다. 서로의 얼굴에 강펀치를 먹이고 싶은 마음을 둘은 꾹꾹 억눌렀다.

상대의 처지를 이해하자는 차원에서 시작된 악플 읽기는 여름의 낭독으로 시작됐다.

"한겨울, 연기 더럽게 못하면서 얼굴로만 승부 보는 애!"

오늘 여름이 보여 준 모습 중 가장 활기가 넘쳤다. 감독은 큰 목소리에 당황했다.

"여름아. 텐션이 마이크를 다 뚫어 버리겠어. 조금만 더 차분하게 읽어 줘."
"네, 죄송해요."
"혹시 네가 쓴 거야?"
"절대 아닌데요!"

계속해서 악플을 읽으며 여름은 속으로 고개를 끄덕였다. 맞지, 맞아. 겨울이 연기를 못한다는 걸 온 세상이 알아주니 속이 시원했다. 하지만 '얼굴로만 승부 보는'이라는 표현을 읽을 때는 마음이 덜컹거렸다. 어린 시절, 자신이 캐스팅된 것도 결국은 외모 때문이었기에. 또한 겨울이 외모로 유명세를 얻은 건 맞지만 여태까지 자신을 꺾으려고 얼마나 악바리 같이 쫓아왔는지 여름은 잘 알고 있었다.

"있는 집 애들은 연예계에서 좀 꺼졌으면. 깊이도 없고 노력도 안 해."

여름은 타인의 댓글을 보며 기이한 감정을 느꼈다. 악플에 연거푸 동의했음에도 불구하고 속이 통쾌하지 못했다. 겨울의 환경이 부럽긴 했으나 그건 겨울이 타고난 복일 뿐 죄는 아니었다. 여름은 아픈 할머니와 무관심한 아버지라는 가정 환경에 대해 비난받고 싶지 않았다. 그렇다면 겨울도 바꿀 수 없는 환경 때문에 욕을 먹을 필요는 없었다. 잘사는 집 딸인 게 얄밉긴 했어도 그런 환경 속에 있으니 노력을 하지 않는다는 말은, 비난을 위한 비난이었다. 앞뒤 없는 악의는 구질구질해 보이기만 한다는 걸 여름은 타인의 악플을 읽으며 알게 됐다.

다음은 겨울이 여름의 악플을 읽을 차례였다.

"역변의 아이콘 이여름. 무골반 통짜 허리 완전 볼품없다!"

겨울도 질세라 패기 넘치게 악플을 읽었고, 감독은 마른세수를 했다.

"하고 싶은 말을 하는 게 아니라 상대방의 상처에 공감해 주는 그림을 따야 한다니깐."
"네! 죄송해요!"
"죄송하다는 말에도 힘이 들어가 있네. 아주 신이 났군."

수빈이가 되고 싶어

겨울은 악플을 읽으며 여름의 몸을 눈으로 쓱 훑었다. 확실히 자신보단 통통했다. 두 사람이 있는 곳은 저체중으로 성장하지 못하면 모든 순간이 '역변'으로 평가되는 세계였다. 겨울은 여름보다 말랐다는 점에 안도하면서도, 언제까지 이렇게 살아야 하는지 모르겠다는 불안을 상기했다. 타인의 가혹한 기준에 동조하는 일은 자신이 그 기준에 부합하지 못했을 때도 비난을 감수하겠다는 의미. 겨울은 여름의 몸을 비난하는 댓글에서 두려운 미래를 보았다. 또한 겨울은 이미 여름에게 배웠다. 연기의 세계에서 진정한 아름다움이란 껍데기에 머물지 않는다는, 자존심 상하지만 부인하지 못할 사실을.

실력이나 부유한 배경을 향한 비난이 다수였던 겨울의 악플에 비해 여름의 악플은 외모를 폄하하는 내용이 다수였다. 노력으로 극복하기 어려운 콤플렉스를 연달아 자극받은 여름은 고개를 떨궜다.

"부모님 사이가 안 좋아서 할머니랑 둘이 산다는데 그래서 독하구나. 싫다."

장차 국정원 요원이라도 될 생각인지 사람들은 여름의 아버지가 어디에 살고, 할머니의 지병이 무엇인지를 다 알았다. 그들이 발굴해 낸 정보는 여름의 인생을 조롱하고 꿈을 납작하게 짓밟는 용도로 쓰였다. 겨울은 엄마와 언니를 떠올렸다. 언젠가 자기 가족도 이렇게 활용될까 봐 무서웠다. 또한 사람들은 노력하지 않는 해맑은 천재는 좋아해도 노력하는 악바리는 예뻐하지 않았다.

얼굴이 예뻐도, 실력이 좋아도, 사람들은 사랑만큼 미움 또한 얼마든지 흩뿌렸다.

"오케이! 이동할게요."

악플 읽기가 끝난 후 둘은 기침하는 사람에게서 멀어지듯 후다닥 일어나 서로에게서 달아났다.

여태껏 여름은, 겨울이 추위를 모르고 살아온 아이라고 생각했다. 눈발이 휘날리는 12월에도 단란한 웃음이 넘치고, 모든 이가 온기를 나눠 주는 왕국의 공주 같았다. 원한다면 얼마든지 타인의 환심을 살 수 있는 외모와 넉넉한 돈이 있는 만큼 겨울 곁에는 사람들이 끊이질 않았다. 그래서 여름은 겨울이 부러웠다. 세계를 향해 손을 뻗으면, 온 세계가 봄바람이 돼 그 손을 잡아 주는 삶을 누린 것처럼 보였으니. 여름은 이제야 하얗고 따뜻한 왕국 뒤편에, 그 왕국의 크기만큼 거대한 그림자가 드리워져 있다는 사실을 알았다.

한편 겨울도 생각했다. 여름은 더위를 모르고 살아온 아이라고. 촬영장에서 박수갈채를 받는 배우이니 온몸이 화끈거리는 부끄러움 따위는 알 리가 없으리라. 대사가 외워지지 않아 등줄기에 식은땀이 흐른 적도, 친구들로부터 소외되지 않기 위해 전전

궁금한 적도 없을 것 같았다. 남자아이들하고만 어울리면서도 여자아이들의 눈치를 보지 않는 저 당당함. 겨울은 여름처럼 멋대로 살고 싶었다. 세계에 손을 뻗지 않고 스스로 세계를 움켜쥐려는 그 의지를 뺏고 싶었다. 겨울은 이제야 여름의 푸르고 굳건한 휘장도 바람이 불면 나부낀다는 사실을 알았다.

'역시 쟤보다는 내가 낫지! 하지만….'

둘은 악플을 읽으며 서로가 숨겨 놓은 우주의 단면을 한 조각씩 맛봤다. 탐냈던 세계의 정체는 설탕 대신 예쁜 유리로 조각된 케이크였다.

'근데 이 사람들은 우리에 대해서 얼마나 안다고 이런 댓글을 쓴 거야?'

누군가를 미워한다는 건 참으로 신기한 마음. 남이 함께 욕을 해 주면 그만큼 기쁜 일이 또 없는데, 수준이 지나치면 오히려 반감이 생긴다.

여름을 누구보다 잘 아는 건 겨울이었다. 그리고 겨울을 누구보다 잘 아는 건 여름이었다.

학급에서 남자아이들이 겨울을 욕할 때, 여름은 그들의 의리를 고마워하면서도 한편으로는 잘 알지도 못하면서 숟가락 얹기를 좋아하는 친구들이라 느낀 적이 있었다. 여자아이들이 여름을 욕할 때, 겨울은 친구들이 자길 위해서가 아니라 싸움이 커지는 분위기를 좋아하고 스포츠처럼 즐기기 때문에 나선다는 걸 눈치챘었다.

　사람들은 히죽이는 입꼬리로 상대편을 욕하면서 '쟤가 너를 질투해'라는 쪽지가 담긴 선물 상자를 둘에게 건넸다. 예쁘게 포장된 그 상자를 품고 있으면 잠시나마 다른 사람들이 같은 편에 서 준다는 착각이 들었지만, 상자를 열어 보면 어김없이 폭탄이 있었다. 때때로 사람들은 적에게도, 같은 편에게도 폭탄을 던지는 미치광이들이었다.

　그 어떤 마음보다도 진취적인 감정이 새빨간 잔상을 남기며 앞으로 뻗어 갔다. 여름과 겨울은 질투의 꼬리가 그린 붉은 궤적 위에서 공명했다. 서로를 태워야만 존재할 수 있는 우주라면, 이 우주는 예쁜 지옥인 걸까. 둘은 숨을 고른 후 창밖을 바라보았다. 똑같은 생김새를 한 꼬리에 같은 빛이 깃들었다고 생각하니 서로의 우주가 1mm만큼 겹쳐 보였다.

　나의 우주, 너의 우주, 모두 지옥. 여름과 겨울은 어른스럽게 굴라는 대표의 말 위에 마왕의 얼굴을 그려 보았다. 둘은 차량 등받이에 몸을 푹 기댄 채 다리를 쫙 벌리고 눈을 감았다. 마왕과 함께 지옥에서 철이 들 바에야 지금은 잠이나 자 두는 쪽이 더 가치 있을 터였다.

　이동한 장소는 교외의 작은 놀이공원이었다. 감독의 지시에 따라 놀이기구를 함께 타며 촬영을 진

수빈이가 되고 싶어

행했는데 범퍼카로 상대를 들이받으며 "실은 네가 좀 얄밉긴 했어."라고 한다든가, 다람쥐 통 안에서 고꾸라진 채로 "같이 노니까 즐거워."라고 말하는 식이었다. 멘트는 모두 연출된 것이었다. 둘은 배우였으니 직접 쓰지 않은 마음도 얼마든지 훔칠 수 있었다.

마지막 신은 관람차를 타며 대화를 마무리하는 장면으로, 대본에 '진솔한 마음을 표현'이라는 지시문이 있었으나 그 밑에는 작가들이 짜 준 대화가 기입돼 있었다. 감독은 대본을 그대로 소화하기만 하면 편집은 본인들이 잘해 줄 터이니 걱정 말라고 두 배우에게 일러두었다.

적색이 모두 빠진 남색 하늘. 성큼 다가온 저녁이 하루 종일 기구를 타느라 흥분된 둘의 몸을 차분히 가라앉혔다. 여름과 겨울은 관람차 내부 의자에 앉자마자 진심 없는 대사를 읊었고 관람차 안에 설치된 카메라에 성실하게 눈길을 줘 가며 촬영을 진행했다. 어색함을 이기고자 대사를 조급히 소화해 버린 탓에 관람차가 꼭대기에 도달하기도 전에 나눌 말은 고갈됐다.

여름은 정적을 견디지 못해 괜스레 겨울의 머리 뒤를 손가락으로 가리켰다.

"저기에 오수빈이 있어."

창 너머 대형 스크린으로 수빈의 비타민 음료 광고가 송출됐다. 어둠이 깔리고, 놀이기구 조명에 차례차례 불이 들어오자 시트러스 향이 날 것처럼 상큼한 수빈의 미소가 공간의 손을 잡고 풍경에 녹아들었다. 여름에겐 꼭 남의 세상처럼 보이는 찬란함이었다. 둘은 할 말이 없어 멀뚱히 창 너머만 쳐다봤다.

그때 겨울의 휴대폰이 울렸다. 〈A 프로젝트〉 감독이었다. 대사를 모두 소화한 상황이라 겨울은 개의치 않고 전화를 받았다.

"감독님, 안녕하세요. 저 지금 촬영 중이라 나중에…."
"겨울아. 방금 어머니랑은 급히 통화했는데 말이야. 미안해서 어쩌지?"

감독은 겨울이 촬영 중임에도 전달해야 할 만큼 중요한 이야기를 시작했다. 그의 성량은 쓸데없이 우수했고, 관람차 안은 밀폐된 공간이었다. 여름은 본의 아니게 통화 내용을 다 들어 버렸다.

"무슨 일이신데요?"
"수빈이가 건강을 회복했대."

불안해진 겨울의 뒤편에서 새콤한 향을 내뿜는 그 여자아이는 여전히 웃고 있었다. 여름은 수빈의 노란 과육 같은 얼굴을 보아도 미소가 나오지 않았다. 오히려 말라비틀어지기 직전인 겨울에게 더 눈

수빈이가 되고 싶어

이 갔다.

"〈A 프로젝트〉는 원래대로 수빈이가 진행하는 걸로 가려고 해."

"예?"

"직접 알려 줘야 네가 덜 상처받을 것 같아서."

"제가 역할 딴 걸로 확정 아니었나요?"

"확정이었지. 수빈이가 복귀하기 전까지는."

"감독님. 지금 이게 무슨…."

"어머니까지 신경 많이 써 주셨는데 미안하게 됐어. 그래도 아직 어리니까 기회는 많아. 다음에 더 좋은 작품으로 만나면 돼! 웹 드라마 자리가 나면 바로 연락드리기로 너희 어머니랑도 합의가 됐어. 오늘 촬영 잘하고, 너무 마음 쓰지 않기로 해."

"잠시만요, 감독님! 제가 여태껏 했던 노력은요?"

전화가 끊겼는데도 겨울은 휴대폰을 손에서 놓지 못했다. 그들이 탄 관람차는 꼭대기 지점에서 잠시 멈추었다. 외부에 설치된 조명들이 모두 빼곡히 불을 켰고, 놀이공원의 야경이 완성됐다. 별보다 밝게 빛나는 세상은 실처럼 가느다란 겨울의 눈물 줄기를 숨겨 주지 않았다.

'우와! 쟤도 안 돼서 다행이다!'

여름은 하마터면 환호할 뻔했지만 이내 평정을 되찾았다. 화면이 까맣게 변한 휴대폰을 서글프게 응시하는 겨울을 보고 있자니 낯선 마음이 느껴졌다.

그것은 연대라기엔 가볍고 통쾌함이라기엔 무거운, 미움이라기엔 부드럽고 애정이라기엔 날카로운 감정. 가시를 덮은 비단 같으면서도 압정을 숨긴 솜사탕 같이 제대로 파악하기 어려운 느낌. 야경 속 여러 갈래의 빛처럼 여름의 마음도 결코 한 가지의 결로 정의되지 못했다.

메인 작가는 여름에게 문자 메시지를 보내 창밖을 보며 기뻐하는 장면을 하나 따 달라 부탁했다. 한참을 고민하다, 여름은 답을 하지 않고 휴대폰을 주머니에 넣었다. 겨울에게 티슈 대신 줄 수 있는 배려였다.

"이럴 거면 우린 뭘 위해서 오디션 뺑뺑이를 했대."

아무리 미워했던 아이라도 우는 모습을 보는 건 즐겁지 않았다. 여름은 상대가 무안하지 않게 창밖을 바라보며 덤덤한 표정으로 혼잣말을 이었다.

겨울의 실눈물이 비가 돼 쏟아졌다. 감정이 주체가 안 되는지 가슴을 퍽퍽 두드리며 힘겹게 호흡했다.

"너 왜 그래?"
"숨이 잘 안 쉬어져."

여름은 생각할 겨를 없이 곧장 손을 뻗어 겨울의 어깨를 붙잡고 등을 위아래로 쓰다듬었다.

"다른 생각 말고 숨쉬기에만 집중해."

수빈이가 되고 싶어

과거 드라마 오디션에서 수빈에게 밀려 캐스팅이 불발됐을 때, 여름도 집에서 비슷한 증세를 겪은 적이 있었다. 그때 할머니가 전해 줬던 손길을 여름은 그대로 따라 했다.

"크게 들이쉬고 천천히 내쉬어."

"됐으니까 저리 가."

"아무한테도 말 안 할 테니까 쪽팔려도 일단 숨을 쉬어."

여름은 입고 있던 카디건을 벗어 카메라를 가렸다. 그래도 겨울의 증세가 나아지질 않자 아예 카메라를 꺼 버렸다. 겨울은 그제야 호흡에 집중하며 제 몫의 삶을 지켜 내기 위해 노력했다.

맞은편에 앉았던 여름이 곁으로 와 앉은 탓에 관람차는 둘 쪽으로 살짝 기울었다. '무게 중심이 안 맞잖아. 추락하면 어떡해?' 심호흡을 하는 와중에 겨울은 옆에 앉은 여름을 선명히 느꼈다. 등에 닿았다가 떨어지기를 반복하는 손은 라이벌이자 적의 것이었고 결코 우호적으로 대할 수 없는 여자의 일부였다. 당연히 사랑이나 우정 같은 아름다운 감정은 담겨 있지 않았다.

그럼에도 여름은 끊임없이 겨울의 등을 쓰다듬었다.

겨울은 과호흡 증세를 겪을 때마다 한숨을 쉬던 엄마를 떠올렸다. 훨씬 빡빡한 일정을 소화했던 소울도 겪지 않던 걸 왜 네가 겪냐며 호통치던 엄마의 얼굴과 여름의 얼굴은 분명 달랐다.

호흡이 원래대로 돌아오자 겨울은 이제 됐다며 여름의 손에서 벗어나려 했고, 여름은 제자리인 반 대편 좌석으로 돌아갔다.

결국 여름에게 한 방을 먹일 주인공 역할을 잃은 겨울은 자존심이 상하여 고개를 돌렸다. 바라본 뒤 편에는 여름이 보고 있던 커다란 스크린이 있었다. 원하는 인생을 실제로 살아가는 선망의 대상은 어 둠을 몰랐다.

여름이 심드렁히 입을 열었다.

"오수빈이 우리보다 그렇게 잘났을까?"

겨울은 다른 말을 예상했다. 네 캐스팅이 불발돼 기분이 좋다든가, 연기를 못하는 너에게 주인공 역 할은 역시 어울리지 않는다든가. 패자가 된 겨울에 게 꽂을 수 있는 조롱은 얼마든지 있었지만 여름은 그 말들을 하지 않았다. 휘황찬란한 놀이공원의 빛 들이 반딧불이처럼 주변을 수놓았고 겨울은 그 빛 과 창 너머의 수빈을 번갈아 바라보았다.

순수하고 무해하며 고상하기까지 한 수빈. 겨울 은 그 아이가 되고 싶었다. 사람들은 금방 녹아 사라 질 아이스크림을 대하듯 수빈을 귀하게 아껴 주었 다. 겨울은 그 달콤함을 열심히 흉내 냈지만, 사람들은 겨울을 한 입 먹고 나면 금방 물린다며 달아났다.

어째서 오수빈일까. 관람차 밖에서 커다란 얼굴로 웃고 있는 동경의 대상을 향해 속으로 몇 번이고 물었다. 왜 나는 네가 되고 싶었을까. 포장된 이유야 분명했다. 너는 사랑받는데 나는 아니니까. 그러나 그게 전부는 아니었다. 사랑받는 예쁜 꽃이라면 들판에 돋아난 잡초처럼 널리고 널렸다. 그러면 대체 왜 그 많은 꽃들 중에 하필이면 수빈이 되고 싶었던 걸까.

겨울은 고개를 돌려 여름에게 답했다.

"쟤나 너나 연기 실력은 비슷해."

그 말을 듣고 코웃음을 친 여름도 창밖으로 보냈던 시선을 겨울에게로 돌렸다. 대본에 따라서가 아니라 자의로 눈을 맞추는 건 오늘 중 지금이 처음이었다.

"네가 내 연기력을 평가하는 거야?"
"없는 말은 안 해."
"순수 연기력만 따지면 내가 오수빈보다 더 나을 걸."
"그건 모르지. 둘이 붙어 보든가."
"붙을 기회가 있다면 좋겠네."

멈춰 있던 관람차가 움직였고 둘은 창밖의 수빈에게 집중했다. 관람차가 하강하면서 둘의 시야에

서 스크린이 멀어지자 수빈도 조금씩 창밖의 세계
로 밀려났다.

"외모는 한겨울 너도 오수빈한테 밀리지 않아. 아
마도."

겨울은 더 대꾸하지 않았으나 은근히 기분이 좋
아져 씩 웃었다. 고맙다는 말 대신 카메라를 덮고 있
던 여름의 옷을 손수 건네주었다.

"방금 한 얘길 누가 들으면 우리가 수빈이를 질투
한다고 하겠지?"
"하면 어때. 신도 하는 거랬어."

여름이 옷매무새를 정리하며 무의식적으로 되물
었다.

"누가 그래?"
"성경에 그런 말이 있대."
"참 나. 우리 할머니랑 똑같은 소리를 하네."

여름은 그 말을 끝으로 손거울을 꺼내 입술을 점
검했고 겨울은 그 모습을 지켜보며 생각했다. 필요
한 말을 해 준 이들이 희한하게도 닮은 얼굴을 하고
있다고.

관람차 문이 열릴 때까지 추가적인 대화는 없었
다. 둘은 속으로 서로의 어쭙잖은 칭찬을 우습게 여
기면서, 이제야 그런 말을 하는 자신들이 징그럽다
는 생각을 했다. 또한 상대도 그동안 수빈을 치열히

수빈이가 되고 싶어

의식했다는 점에서 작은 위안을 얻었다.

감독과 관계자들은 소품과 대본을 챙겨 퇴근할 채비를 했다. 여름과 겨울 역시 각자의 차량에 탑승해 헤어지는 것으로 오늘 치의 노력을 종료할 예정이었다.

여름은 깜빡하고 마이크 팩을 반납하지 않아 다시 관계자들이 있는 곳으로 돌아갔고, 인사를 마치고 나오던 겨울과 마주쳤다.

〈A 프로젝트〉의 주인공 '수빈'은 원주인이었던 오수빈에게로 돌아갔다. 그러니 이 순간은 두 경쟁자들이 캐스팅으로 송곳니를 드러내는 마지막 밤이 됐다. 여름은 라이벌에게 안녕을 말할 준비를 했다.

"한겨울, 속상하니?"
"응."
"근데 난 네가 수빈이가 안 돼서 기분 좋더라. 쏘리."
"내가 못 하면 너도 못 해. 그걸 알아 둬."
"알아. 그래서 여태까지 고생 많았다는 말을 너한테도 해 주려고."

매끈매끈하고 보드라운 말 대신에 여름은 오랫동안 품어 왔던 거친 마음을 꺼냈다. 그 마음은 예쁘지 않았지만 어떤 작가도 써 주지 못할 여름의 진짜 문장이었다.

서로의 얼굴만 보면 차올랐던 붉은 마음이 어둠

에 녹아 조금씩 흐려졌다.

"할머니 수술 끝나면 난 전학 가니까 다음 학기에는 남자애들이랑도 친하게 지내봐. 내가 잘 말해 놓을게."

"필요 없으니까 너나 여자애들이랑 친하게 지내는 법 좀 배워."

"에휴. 밉상."

"할머니한테 감사하다고 전해 주고."

"우리 할머니? 뭘?"

"그 나이 먹도록 노인정 친구를 질투하시는 일."

둘은 끝내 마지막까지 인상을 구긴 채로 작별했다. 손을 흔드는 대신에 전부를 끌어안기엔 참 어려운 아이라는 오래된 평가를 곱씹었다. 그건 잘 익은 견과류를 씹는 일처럼 오히려 끝맛이 담백하여 나쁘지 않았다.

여름은 상대를 꺾지 않아도 느낄 수 있는 후련함을 처음으로 경험했다. 동시에 겨울도 가방에 넣어 놓은 하얀 약들을 이제는 먼 숲으로 던져 버리고 싶어졌다.

질투는 상처이므로 둘에게 흉터를 남겼다. 그러나 그 흉터만큼은, 생각 외로 남에게 보여 주어도 부끄럽지 않았다. 누군가는 움푹하게 패인 선명한 자국을 추억이라 부르기도 했다.

수빈이가 되고 싶어

그런 둘은 없었다. 착하고 바르게 자라서 서로에게 선한 말만 하는 아이는. 외모나 실력이 아닌, 다른 무언가를 향해 달려가자고 어른스러운 선언을 하는 여학생. 도덕적으로 옳고 정의로운 마음만 품는 사람. 그런 여름과 겨울은 없었다. 그러므로 둘에게는 더 넓은 미래로 헤엄쳐 갈 시간이 충분히 펼쳐져 있었다.

수빈이 환하게 웃는 스크린을 등진 채로 두 차량은 달려갔다. 여름과 겨울은 오랫동안 자신의 발목을 옭아맸던 소망을 차곡차곡 접어 각자의 보석함에 담았다. 언젠가 꺼내 보더라도 괴롭지 않으리라 믿기로 했다. 그러자 그 소망 속에 담긴 새빨갛게 아픈 빛마저도 루비가 돼 반짝였다.

'나는 사실 네가 되고 싶었어.'

혼자가 아니기에 좌절도 슬프지 않았다.

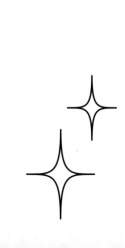

여름의 인터뷰

Q: 〈A 프로젝트〉가 엄청난 흥행을 기록했죠. 기분이 어떠셨어요?

A: 아쉬웠죠. '아아, 그 흥행이 내 것이었으면.' 했어요. (웃음)

Q: 라이벌 겨울 씨도 배역을 못 땄기 때문에 오히려 마음이 편했을 거란 추측이 있어요.

A: 답변 보류할게요.

Q: 그 시절, 라이벌을 질투할 때마다 어떻게 마인드 컨트롤을 하셨나요?

A: 저도 얼떨결에 알게 된 건데요. 질투라는 감정에서 멀어지는 방법은 의외로 간단해요. 질투가 마음의 문을 열고 들어오면, 오랜 친구가 돌아왔노라 인정하고 자리를 마련해 주세요. 이미 나를 찾아온 손님인데 없다고 부정하지 말아요. 그 녀석은 화가 많아서 무시당할수록 불을 내뿜거든

요. 그냥 자리에 앉히고 함께 차를 마셔 봐요. 오
랜만이네, 하고 인사를 나눠도 좋겠네요. 영원한
손님은 아니어서 잠시 쉬다가 떠난답니다.

Q: 좋아요. 그 후에도 겨울 씨와 드라마 〈사랑하는
독자님에게〉, 〈늘 감사해요〉라는 작품을 통해
캐스팅 경쟁을 벌이셨죠. 기분이 어땠나요?

A: 매니저 오빠들이 일을 참 열심히 하시죠? (웃음)
전 늘 똑같아요. 절대 지고 싶지 않다, 항상 그렇
게 생각해요.

Q: 어린 시절부터 맞붙어 온 숙명의 라이벌에게 하
고 싶은 말이 있으신가요?

A: 한 가지는 분명해요. 겨울 씨가 없었다면 전 지
금 이 자리에 없어요. 그 애는 저의… 러닝 머신
이니까요! 달리는 동안은 괴롭지만 달리고 나면
더 건강해져요.

Q: 재미있는 비유는 아니네요, 여름 씨. (코웃음에
가까움)

A: 하하하하. 이거 언제 끝나요?

Q: 마지막 질문 두 개가 남았어요. 첫 번째, 여름 씨
에게 연기는 무엇인가요?

A: 남이 아닌 내가 돼야만 하는 거요. 그걸 몰랐을
땐, 오늘을 살아도 어제를 사는 느낌이었달까요.

Q: 두 번째는 팬이 보내 주신 것 중에 뽑았는데요.
톱 여배우 이여름 씨는 쉬는 날에 뭘 하나요?

A: 요즘 루미큐브에 꽂혀 있어서 동료들이랑 자주
해요. 주말 오후에는 제가 속한 여배우 농구 팀
에서 같이 운동도 하고요. 그렇게 쉬는 게 제 유
일한 낙이에요.

Q: 여배우 농구 팀이요? 듣기만 해도 텃세가 심할 것 같군요.

A: 한때는 저도 그런 편견을 갖고 있었죠. 어떤 여자들은 죽을 때까지 같은 여자들을 미워하니까요. 그런데 사실 그건, '사람'이라서 그래요. 그게 옳다 그르다를 떠나서요. 우리의 감정은 그냥 감정일 뿐이지 우리를 규정하는 특성값이 될 수 없어요. 누군가랑 잘 지내는 사람이 있는가 하면 못 지내는 사람도 있고, 그냥 그런 거죠. 같은 팀 안에서도 누구는 기막히게 패스를 잘하지만 누구는 또 잘 안 하기도 하거든요. 스타일의 차이랄까요. 말 나온 김에 저희 팀 경기하는 거 한번 보러 오세요. 운동복 있으신가요?

겨울의 인터뷰

Q: 여름 씨한테 한 것과 같은 질문을 해 볼게요. 〈A 프로젝트〉가 엄청난 흥행을 기록한 일에 대해서 지금도 아쉬움이 있을 것 같아요. 어떠세요?

A: 아쉬웠지만 그 후에 주연으로 출연한 〈오렌지와 빵칼〉이 흥행했어요. 저는 제 커리어에 만족해요.

Q: 겨울 씨는 과거에 오수빈 씨와 이여름 씨 둘 중에 누가 더 미웠나요?

A: 수빈 씨는 제 롤 모델이고 여름 씨는 귀감이 되는 동료예요.

Q: 둘 다 밉지는 않다?

A: 어렸을 땐 미웠죠. 저는 여름 씨를 많이 질투했어요. 하지만 이제는 고마워요. 그 어렵고 괴로웠던 시기를 같이 버텨 줘서요.

Q: 서로 의지했던 순간이 있었나요?

A: (손사래를 치며) 전혀 없었어요! 근데 나랑 똑같이 재도 악을 쓰고 있다는 사실만으로도 충분했어요.

Q: 자, 그럼 마지막 질문 두 가지가 남았습니다. 겨울 씨에게 연기란 무엇인가요?

A: 남의 옷을 입은 나를 거울에 비추는 행위요. 어떤 옷을 입더라도 그 옷 안에 있는 게 나라는 걸 잊지 않으려 해요.

Q: 마지막으로 드릴 질문은 팬이 해 주신 거예요. 아역 배우를 준비하는 분인데, 연기력 논란의 주인공에서 흥행 보증 수표가 된 겨울 씨에게 조언을 부탁한다고 해요.

A: (갑자기 고성) 오기와 독기를 챙기세요!

Q: (당황) 끝인가요?

A: 농담이고요. (웃음) 많이 연습하시고 곁에 긴 레이스를 같이 달리는 친구를 두세요. 달리는 동안 서로 넘어지면 비웃고, 욕하고, 원망해도 괜찮아요. 경쟁을 하는 것 같아 보여도 우리는 사실 손을 잡고 달리는 중이거든요. 결승선을 통과하면 알게 돼요. 달리면서 겪은 모든 마음이 결국에는 여러분을 성장시킨다는 거. 좋은 어른, 좋은 사람. 별거 없어요. **함께하는 동안 매 순간에 충실하면 돼요. 그리고 그건, 누구나 할 수 있죠!**

작가의 말

질투하는 사람은 이웃이 살찔 때 마르게 된다.

— 고대 로마 시인 호라티우스

그렇다면 열 명 중 여섯 명이 다이어트에 도전하는 이 나라[7]에서 질투란 고마운 감정이 아닙니까?

저는 질투심에서 자유롭지 못한 아동기를 보냈습니다. 라면 머리(당시에 펌 스타일을 이렇게 표현했습니다.)를 한 친구를 유치원 선생님이 예뻐하는 것을 보고 부모님을 일주일 내내 졸라서 똑같은 머리를 했습니다.

하지만 성장하면서, 내가 머리를 볶게 만든 감정을 남에게 들켜선 안 된다는 것을 학습했습니다. 그 감정을 들킬 때마다, 사람들은 나를 욕심 많은 아이로 취급했거든요.

"여자의 적은 여자다."

위의 문장을 모르는 한국인은 없을 겁니다. 유독 질투는 여자에게 가혹하며 특히나 어린 여자아이, 이를테면 10대 청소년에게 더욱 가혹합니다. 이 사회에서는 어디에 있든지 경쟁을 피할 수가 없는데, 그 경쟁에 자연적으로 수반되는 위치 이동에 대한 욕구, 즉 타인의 우수함을 제 것으로 삼고 싶어 하는 질투심은 터부시되고 있습니다.

1   보건복지부, 질병관리본부. 〈국민 건강 통계〉, '체중 감소 시도율(과체중 이상)' 2020년 19세 이상(표준화) 데이터 참고.

작가의 말

만약 당신이 여성이라면, 당신은 여성의 질투가 끔찍하다는 편견이 오류라는 것을 보여 주기 위해 타인에게 질투를 느끼지 않도록 스스로를 부단히 통제해 왔을지도 모릅니다. 인류에게 보편적인 그 감정을 얼마나 오랜 시간 동안 없는 척 지워야 했나요. 착하고 이해심이 넓은 척을 하며, 수용할 수 없는 마음까지 다 끌어안으면서 겪었을 괴로움을 차마 가늠하기 어렵습니다.

"네 아버지도 질투한다."

아버지뿐일까요. 어머니도, 오빠도, 언니도, 동생도 다 합니다. 질투로부터 초탈한 존재는 없습니다. 하물며 여호와조차도 질투를 하시니까요.

여자의 적이 여자라는 것을 부정하는 가장 간편한 방법은 등장인물들이 여자이되 '질투'라는 감정을 완벽히 배제하는 이야기의 설계입니다. 어떤 인물도 서로를 미워하지 않는 순백의 세계를 상상하는 것이지요. 우리는 그 세계에서 어떤 스트레스도 받지 않을 겁니다.

그러나 더 이상 질투를 볼드모트의 이름처럼 취급하고 싶지 않아요. 강력한 그 감정의 존재를 인정하고, 그로 인한 스트레스가 나의 일부를 이루었으며, 타인이 훼손하지 못할 크나큰 동력이 되었노라 선언하길 원합니다.

학교에는 성적, 외모, 인간관계 문제로 친구를 질투하는 아이들이 있습니다. 가뜩이나 말을 잘 안 듣는 질투라는 녀석과 이인삼각으로 뛰느라 힘들어 죽을 맛일 텐데 그 아이들에게 '너 참 못났다'라며 손가락질하는 일만은 참아 봅시다. 질투 좀 하면 어때요? 타인에게 피해 주지 않으면서 성장하는 것도 청춘의 미션입니다.

질투는 부끄럽지 않습니다. 부디 그 마음을 엔진 삼아, 꿈꾸는 세상을 직접 움켜쥐는 사람이 되세요. 질투에게 곁을 내어 주면, 그 감정은 여러분에게 커다란 힘을 빌려줄 겁니다. 친구의 헤어스타일을 뺏고 싶다 낙서를 하던 제가 작가가 된 것처럼요.

p.s. 이 이야기는 완전한 창작물입니다. 어떤 인물과 사례도 실재하지 않습니다.
연호의 형 한결은 《남의 썸 관찰기》에 나오는 '한결'과 동일 인물이며 겨울이 찾은 서화동은 《마음을 치료하는 당신만의 물망초식당》의 배경과 동일합니다.

프로듀서의 말

살면서 '질투'를 단 한 번도 해 보지 않은 사람이 있을까요? 우리는 모두 질투를 해 본 적이 있습니다. 누군가를 미워하고, 이기려 하고, 동시에 동경했던 적도 있습니다. 그러면서 우리는 성장했습니다. 《수빈이가 되고 싶어》는 '질투'라는 감정 위에 씌워진 부정적인 이미지를 깨끗하게 닦아 보고자 하는 마음에서 시작된 이야기입니다.

청예 작가님과의 논의 끝에 주인공들의 직업을 아역 배우로 설정한 까닭은, 배우라는 직업이란 타인이 되어야 하는 일이기 때문입니다. 원 톱 아역 배우 오수빈을 동경하고, '내가 아닌 누군가'가 되고 싶어 하는 두 아이의 마음을 가장 진솔하게 보여 줄 수 있는 설정이라고 생각했어요.

이러한 마음을 바탕으로 여름과 겨울은 상대를 뜨겁게 질투합니다. 하지만 그런 서로의 처지를 누구보다 잘 이해하는 것은, 결국 그들 두 사람입니다. 작중에서 여름과 겨울은 상대방이 받은 악플을 읽으며 불편한 마음을 느끼고, 관람차 창문 너머에서 시야를 가득 채우는 오수빈의 전광판 CF를 보며 같은 적막을 공유합니다. 상대방이 느낄 질투의 감정까지도 이해하면서 말이죠.

저는 생생하게 살아 움직이는 그들의 움직임을 쫓으며 여름이에게 공감했다가, 겨울이에게 공감했다가, 이토록 촘촘하고 빛나는 문장을 쓰실 수 있는 청예 작가님을 질투해 버릴 정도로 정신없이 이야기에 빠져드는 경험을 했어요. 저는 아역 배우도 글 쓰는 사람도 아니지만, 저 역시 저보다 뛰어난 다른 누군가가 되고 싶었던 적이 있고, 그 마음 탓에 실패한 경험도 있기 때문일 것입니다.

그래서 독자님께서 이 이야기를 어떻게 보셨을지 무척 궁금합니다. 독자님은 질투에 대해 어떻게 생각하시나요? 여름이와 겨울이가 어떤 인물이라고 느끼셨나요?

저는 이제 질투심을 의연히 견뎌 낼 수 있습니다. 질투가 나지 않아서가 아니에요. 쉽게 억누를 수 있게 된 것은 더더욱 아닙니다.

질투를 통해 오로지 실패만 한 것은 아니기 때문입니다. 끔찍하게만 느껴지는 감정을 직면하고 기꺼이 저의 자양분으로 삼아 성장해 냈기에, 웃으며 그 감정을 되돌아볼 수 있게 되었습니다. 그래서 스무 살이 된 여름과 겨울이 여전히 연락하며 지내는 멋진 배우가 되었다는 사실에 덩달아 기쁜 마음이 듭니다.

이토록 멋진 이야기를 써 주신 청예 작가님께 고맙다는 말씀을 드리고 싶습니다.

작품 개발 과정에 도움을 주신 이혜정 편집자님, 금종각 이지현 디자이너님, 안전가옥 팀원분들께도 감사 인사 드립니다.

　책의 끝자락까지 와 주신 독자님들 모두 안온한 하루 보내시길 바랍니다.

　고맙습니다.

안전가옥 스토리 PD

이수인 드림

수빈이가 되고 싶어

지은이	청예
기획	안전가옥
프로듀서	이수인
	김보희 · 신지민
	윤성훈 · 이은진 · 임미나
퍼블리싱	박혜신 · 임수빈
편집	이혜정
디자인	금종각
조판 디자인	최세은
서비스 디자인	김보영
비즈니스	이기훈
경영지원	홍연화
펴낸이	김홍익
펴낸곳	안전가옥
출판등록	제2018-000005호
주소	(04779) 서울특별시 성동구 뚝섬로1나길 5, 헤이그라운드 성수 시작점 202호
대표전화	(02) 461-0601
전자우편	marketing@safehouse.kr
홈페이지	safehouse.kr
ISBN	979-11-93024-58-4
초판 1쇄	2024년 3월 19일 발행
초판 2쇄	2024년 7월 2일 발행

안전가옥 쇼-트 시리즈